AF591131

SEIANVS
TRAGEDIE.

De Mr Magnon.

A PARIS,
Chez ANTOINE DE SOMMAVILLE, au Palais,
dans la Salle des Merciers, à l'Escu de France.

M. DC. XLVII.

AVEC PRIVILEGE DV ROY.

A

MONSEIGNEVR,

MONSEIGNEVR LE COMTE *Magnus Gabriel de la Gardie, Ambassadeur Extraordinaire de Suede en France.*

MONSEIGNEVR,

Des que vous auez paru dans la Cour de France, apres auoir fait sentir vostre venuë par tous les lieux où vous passiez ; Et apres luy auoir enuoyé deuant vous vne belle renommée, elle vous a regardé auec admiration ; Et apres vous auoir long-temps consideré, elle s'est retractée en vostre faueur du sentiment qu'elle a pour tous les Estrangers : Vous l'auez forcée d'aduoüer que toute la Politesse n'est pas chez elle : Et quoy qu'à l'exemple de la Grece, elle puisse traiter toutes les autres Nations de Barbares ; Elle a exempté de ce reproche le Septentrion, puis qu'il a, la gloire de vous auoir produit. Elle vous a teſmoigné, MONSEIGNEVR, qu'elle faiſoit vne eſtime tres-particuliere de voſtre perſonne : Iamais Ambaſſadeur n'a mieux plû que vous à cette delicate, du conſentement de tous ceux qui l'a compoſent, elle vous a iugé parfait, & vous vous pouuez vanter d'auoir obtenu d'elle, ce qu'elle a refuſé à tous ceux qui vous ont precedé : Combien de bouches ont loüé le glorieux choix qu'a fait de vous, voſtre illuſtre Princeſſe, pour vne Ambaſſade ſi importante que celle que vous auez traitée: Iamais l'eſprit de cette incomparable Reyne, que vous ſeruez, & à qui toute l'Europe rend ſes hommages, n'a paru ſi eminemment, qu'en vous eſliſant pour vn ſi celebre employ. Vous auez dignement reſpondu à l'attente des deux Couronnes, & ces deux fameux Eſtats, de qui l'éloignement ne peut alterer l'intelligence, vous ſont redeuables d'vne vnion qu'ils ne renouuellent de temps en temps que pour la rendre eternelle : Que d'applaudiſſemens ne vous doiuent point la France & la Suede, pendant ce temps, MONSEIGNEVR, que vous faites le deſtin de ces deux Royaumes : I'oze vous preſenter l'Hiſtoire du plus infortuné de tous les Politiques & du plus digne de ſon mal-heur. Ie veux forcer l'ambitieux Sejanus, à voir voſtre Cabinet, à y étudier vos maximes, & a faire cét adueu, que s'il les euſt pratiquées, ſon Gouuernement auroit eſté auſſi doux aux Romains, que le voſtre eſt aimable aux Suedois : Vous ſeruez ſi bien leur Monarchie, qu'ils confessent à toute l'Europe, que vous meriteriez de regner : Et si l'illustre sang du grand Astolphe leur manquoit, qu'ils iroient chercher dans vostre maison vn successeur digne des Maistres qu'ils auroient perdu. C'est vous, MONSEIGNEVR, qui succederiez à l'auguste Gustaue, dont la vie est pleine de Miracles & à sa diuine heritiere, dont le premier âge est remply de prodiges; si bien que l'aduenir doutera lequel du pere ou de la fille aura le plus fait de merueilles, & lequel de leurs deux sexes sera le plus glorieux pour les auoir donnez au monde : Vous estonnerez aussi l'Histoire, MONSEIGNEVR, & nos nepueux verront auec admiration, combien dans vn siecle la Suede aura porté de grands Personnages, l'on les verra se plaindre au siecle de leurs ayeux, de n'auoir pas reculé vostre naissance iusqu'à leurs temps, la France fait vne autre espece de plainte, elle se fasche contr'elle mesme, de vous auoir donné à la Suede, & si elle n'apprehendoit de violer cette paix que vous venez d'affermir entr'elles, elle reprendroit le present qu'elle luy a fait : Mais, MONSEIGNEVR, quelque estime qu'elle fasse de vous, il faut qu'elle vous rende : Tout le Septentrion vous redemande auec impatience, deux Maistresses vous y attendent, & celle dont la possession vous est reseruée, murmure contre nous de ce que nous vous retenons plus long-temps. Repportez luy, MONSEINGEVR, ce visage qui ne s'est point si bien composé dans noſtre Cour, qu'on n'y ait veu, ſans quelque eſpece de ialouſie, que la France n'eſtoit point voſtre element, & que vous n'aſpiriez qu'à reuoir cét aimable Climat ou ſont enfermez tous vos deſirs : Ie ſuis affligé, MONSEIGNEVR, de vous auoir derobé quelques momens, & d'auoir interrompu vos belles idées, au point, ou tout libre des ſoucis que voſtre employ vous donnoit, vous rendiez toute voſtre ame à cette Princeſſe, qui ne la veut partager qu'auec voſtre Reyne ; Ie finis, MONSEIGNEVR, en vous conjurant de ſouffrir, que ie me die,

MONSEIGNEVR,

DE VOSTRE EXCELLENCE,

Le tres-humble & tres-obeïſſant.

MAGNON.

Extraict du Priuilege du Roy.

PAR grace & Priuilege du Roy : Donné à Paris le dernier Aoust 1646. Signé par le Roy en son Conseil, SYMON : Il est permis à ANTOINE DE SOMMAVILLE, Marchand Libraire à Paris, d'imprimer ou faire imprimer vendre & distribuer vne piece de Theatre intitulee, *Sejanus Tragedie*, & ce durant le temps de cinq ans, à compter du iour que ladite piece sera acheuee d'imprimer, & defenses seront faites à tous Imprimeurs & Libraires d'en imprimer, vendre & distribuer d'autre impression que de celle dudit SOMMAVILLE, ou ses ayans causes, sur peine aux contreuenans de trois mille liures d'amande, confiscation des exemplaires, & de tous despens, dommages & interests, ainsi qu'il est plus au long porté par lesdites Lettres.

Et ledit SOMMAVILLE a consenty & consent, que TOVSSAINCT QVINET, aussi Marchand Libraire, iouysse par moitié dudit Priuilege, suiuant l'accord fait entr'eux.

Acheué d'Imprimer pour la premiere fois le douziesme Octobre 1646.

Les exemplaires ont esté fournis.

PERSONNAGES.

TIBERE, Empereur de Romme.

DRVZE, fils de Germanicus, & nepueu de Tibere.

LIVIE, vefue de Druze, fils de Tibere.

FVLVIE, Confidente de Liuie.

SEIANVS, Fauory de Tibere.

APICATA, femme de Sejanus.

VOLVZIE, fille de Sejanus.

TERENCE, Cheualier Romain, amy de Sejanus.

MACRON, Colonel des Gardes de Tibere.

REGVLVS, son Lieutenant.

Troupe de Gardes.

La SCENE est dans Romme, dans le Palais de Tibere.

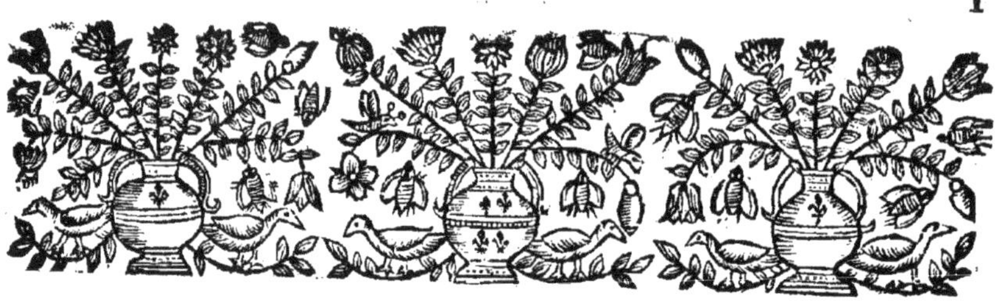

SEIANVS, TRAGEDIE.

ACTE I.

SCENE PREMIERE.

LIVIE, FVLVIE.

FVLVIE.

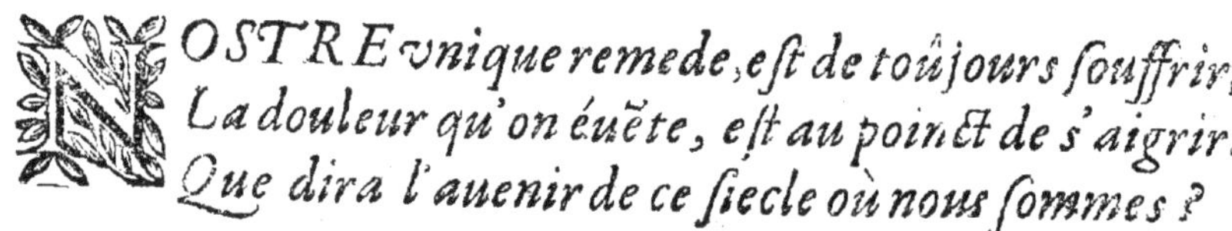

NOSTRE vnique remede, est de toûjours souffrir,
La douleur qu'on éuēte, est au poinct de s'aigrir.
Que dira l'auenir de ce siecle où nous sommes?

LIVIE.

Que mon sexe aura fait ce que n'ont pû des hommes,
Et que leur lâcheté me donna lieu d'agir.

FVLVIE.

Ce noble ſentiment les doit faire rougir;
Et nos Neveux verront l'impuiſſance de Rome,
En ce que tous nos temps n'ont pû produire vn hom
Qu'elle a degeneré de ſes premieres mœurs,
Et qu'elle a contracté de contraires humeurs:
C'eſt là l'impreſſion que donne vne habitude;
Rome inſenſiblement goûte la ſeruitude;
Elle, qui pour la fuyr ſubjuga l'Vniuers,
Cherit ſon eſclauage, & s'aime dans ſes fers.

LIVIE.

Oüy, cette lâcheté diffamera noſtre âge,
De n'auoir pû produire vn homme de courage;
Vn Peuple belliqueux ſe ſoûmet à Sejan,
Et l'ennemy des Roys ſouffre vn petit tyran.
L'on immola Tarquin à la haine commune,
Appius Decemuir eut la meſme fortune:
Enfin, de temps en temps, les Dieux ont ſuſcité
Quelque reſtaurateur de noſtre liberté;
En donnant des tyrans, ils nous offroient des aydes,
Et de la meſme main, les maux & les remedes.
Que n'ont pû les Romains? que n'ont ils pas oſé?
Brute tua Ceſar, Cinna s'eſt expoſé;
Et bien que leur grand zele ait paru trop injuſte,
Le premier reüſſit, l'autre a fait craindre Auguſte;

A la honte de Rome, vn ſimple fauory,
Se conſerue ſans crainte, où Ceſar a pery.

FVLVIE.

Sous ce malheureux regne où nous pouuõs tout craindre,
L'on oſte aux affligez le plaiſir de ſe plaindre;
Les Romains, comme vous, reſſentent leurs douleurs,
Ils attendent du temps la fin de leurs mal-heurs.

LIVIE.

Par tes comparaiſons, ma douleur eſt bien pire,
Sa mort peut rétablir le repos de l'Empire;
Et pour mes intereſts, fut-il cent fois pery,
Ferois-je par ſa mort reuiure mon mary?
Ie treuuerrois encores la victime imparfaite,
Et ie me vengerois, ſans eſtre ſatisfaite.

FVLVIE.

Laiſſez ſon châtiment à ſes propres remords,
Ces bourreaux de la vie appaiſent mieux les morts;
Quelque indignation, quelque deſir auide,
Qu'on ſuppoſe en vn mort contre ſon homicide,
Le ſang de ſon meurtrier luy paroiſt odieux;
Et comme par mépris il le remet aux Dieux,
Il ſemble abandonner le ſoin de ſa vengeance;
Le Ciel qui l'intereſſe, en prend la connoiſſance.

LIVIE.

Des remords dans Sejan! il en pourroit former!
Luy, qui dedans le crime a pû se consommer!
A qui les attentats sont plus que legitimes!
Rien que le châtiment n'arrestera ses crimes:
C'est seulement la mort qu'il luy faut opposer;
Sans cet empeschement, Sejan va tout oser;
C'est vn torrent d'orgueil qui roule auec furie,
Dont le débordement inonde sa patrie,
Et dont le cours est tel, qu'il entraine aujourd'huy
Tout ce qui se rencontre entre le Trosne & luy,
Purgeons Rome d'vn monstre, & sauuons là de blâme,
La perte de Sejan est l'œuure d'vne femme,
Le salut de Tybere est mesme dans mes mains,
Et ie puis ordonner du bonheur des Romains.

FVLVIE.

Et quoy, Sejan conspire?

LIVIE.

Et quoy, cela t'étonne?
Ce monstre s'accoustume à n'épargner personne:
Tybere, agrandissant vn tel ambitieux,
Arma, sans y penser, le bras d'vn furieux,
Qui parmy tant d'horreurs ne s'estant pû connaistre,
Deuoit porter le fer dans le sein de son Maistre;

Ainsi s'estant défait des Fils & des Neveux,
Cette mort l'éleuoit au comble de ses vœux;
Rien ne peut étancher la soif d'vn sanguinaire,
Ny rien ne peut remplir les vœux d'vn temeraire.
Apprens par ce party qu'il a pû proposer,
Et le dessein qu'il a de vouloir m'épouser;
Qu'il veut que nostre amour soit comme l'entremise,
Et le couronnement d'vne telle entreprise;
Ainsi l'ambition se cacha sous l'amour,
Et le mesme secret a mis son crime au iour;
Luy mesme par sa bouche affermit ma croyance;
Le Ciel qui l'aueugloit, permit cette imprudance;
Ce lâche empoisonneur se vint luy-mesme offrir;
Ma joye ayda beaucoup à le mieux découurir:
Cette alteration que souffrit mon visage,
Qu'il deuoit expliquer à son desauantage,
Qu'il dût attribuer à mon étonnement,
Parut à ce credule vn vray consentement:
I'arrachay ses secrets, i'appris toute sa vie,
Que mon Druse estoit mort pour l'amour de Liuie,
Que la mort de Tybere en seroit vn effet,
Et qu'elle auoit causé tout ce qu'il auoit fait.
Voy l'inégalité des mouuemens de l'ame,
Des resolutions que se forme vne femme;
Je le voulois connoistre, & voulois éclater;
Et l'ayant reconnu, ie le voulois flatter:

Indigne complaisance, où tu me vois forcée,
Si ma langue est contrainte à trahir ma pensée!

FVLVIE.

La saison veut de vous de tels abaissemens.

LIVIE.

N'ay-je point prattiqué tous ces déguisemens?
Auroit on pû deffendre à plus de complaisance?
Tant qu'il a fallu feindre, on a veu ma prudence;
Je me reputerois indigne de mon rang;
Et des grands sentimens que me donne vn beau sang,
Vne Niece d'Auguste auroit cette bassesse?
Vne bru de Tybere auroit cette foiblesse?
Et la vesue de Druse vn sentiment si bas?

FVLVIE.

Le grand cœur d'Agrippine a causé son trépas,
Vostre longue prudence est encore necessaire.

LIVIE.

N'importe, entreprenons ce qu'elle n'a pû faire;
Ce temeraire Amant me demande aujourd'huy,
Espousons le trépas, auant que d'estre à luy:
Châcun de son costé va faire vne requeste;
Luy demande mon cœur, & moy ie veux sa teste.

Cher Druse, cher Espoux, ie t'offre ce present,
Et ie t'immole apres vn cœur si complaisant!
Oüy, ie le vay punir d'vn delay si timide,
Et d'auoir si long-temps souffert ton homicide.

FVLVIE.

Vostre Druse estant mort, ie vous offre vn Espoux;
Vn autre de ce nom est-il digne de vous?
Le reste precieux de la maison d'Auguste.

LIVIE.

Pleurons!

FVLVIE.

Foiblesse insigne, autant qu'elle est injuste!
L'ame doit reuenir de ces longues douleurs.

LIVIE.

Non pas quand nostre perte a merité nos pleurs.
Me puis-je consoler d'vne perte si chere?
Luy, n'est-il point touché de la mort de son pere?
Dis-luy, s'il a du cœur, autant qu'il a d'amour,
Qu'il vienne auecque moy signaler ce beau iour;
Qu'il me secondera dans cette noble enuie,
Et que c'est le secret de meriter Liuie.

FVLVIE. Sejan entrant.

Sejan vous a surprise.

LIVIE.

O spectacle odieux!
Ma bouche encore vn coup, vas-tu trahir mes yeux?
Mon cœur, peux-tu souffrir cet indigne artifice?
Oüy, trahisons vn traistre!

SCENE II.

FVLVIE à l'écart, SEIAN, LIVIE.

SEIAN.

Et bien, chere complice,
La Fortune & les Dieux secondent nos desirs,
Et ie vay dans ce iour consommer mes plaisirs,
Par la possession des beautez de Liuie!
Joüissance, où ie mets le repos de ma vie!
Elle a toûjours esté le but de mes ardeurs;
Pour y mieux paruenir, i'y vay par les grandeurs:
L'ambition me menne où mon amour aspire,
Ainsi vous m'éleuez pour monter à l'Empire;
Et le Trosne me sert pour aller jusqu'à vous,
Ainsi l'égalité sera mieux entre nous;

Le

Le rang d'vn fauory n'est pas considerable,
Si le moindre caprice en fait vn miserable;
La volonté du Prince a trop de changemens,
Et c'est mal s'établir, que sur ces fondemens.
Le pouuoir excessif que Tibere me donne,
Les charges qu'il vnit dans ma seule personne,
Ce nombre de faueurs dont ie me vois comblé,
Ce grand amas d'honneur dont ie suis accablé,
Ne composent enfin qu'vne grandeur commune,
Et ne sont que des dons que i'ay de la Fortune;
Presens, que ie ne vois que d'vn œil de mépris,
Toûjours prest à les rendre, ainsi que ie les pris!
Je vous parois, sans doute, vn temeraire insigne;
Mais pour vous posseder, ie dû m'en rendre digne
Ie crû que ma grandeur auroit quelques appas,
Et qu'elle auroit en soy, ce que ie n'auois pas.

LIVIE.

Quelque éclat étranger qu'apporte vne Couronne,
Sejan luy donne plus, que ce qu'elle luy donne.

SEIAN.

C'est vous dont le merite honnoreroit vn rang,
Qui vous est desia dû par la faueur du sang;
L'Empire vous attend, & le Ciel est trop juste,
Pour ne vous point placer sur le Trosne d'Auguste:

C'est vn droict dont les Dieux ne vous sçauroiẽt priuer,
Et le Ciel par ma main vous y veut éleuer,
Vous va restituer cette haute puissance,
Et rendre à vos vertus vn droict de la naissance;
Auec trop de Justice vn Sceptre vous est dû;
Mais bien souuent, sans crime, vn droict n'est pas rendu:
Il faut exterminer les enfans d'Agripine,
A peine vn rejetton reste de la racine;
Il faut iusqu'au dernier employer le poison,
Et iusqu'aux fondemens détruire la maison.

LIVIE.

Sejan, n'attentez point contre le ieune Druse?

SEIAN.

Quand vn Sceptre est offert, vostre main le refuse?
L'heritier d'Agripine aura le mesme orgueil,
Que sa mere a porté iusque dans son cercueil?

LIVIE.

Il faut entre vos coups mettre quelque interualle;
Des meurtres si frequens causeroient vn scandale;
Et desia l'apparence a fait croire aux Romains,
Que ie participois dans vos moindres desseins.

SEIAN.

Madame, i'auray soin de vostre renommée;
Je le feray perir au milieu d'vne armée;

Sous couleur d'employer le Neveu des Cesars,
Ie vay l'abandonner au milieu des hazars.

LIVIE.

Le mesme expedient ne perdit pas son pere,
Et contre vostre espoir, son sort luy fut prospere.

SEIAN.

Il n'a pû se soûtraire aux ruses de Tison;
Qui se sauua du fer, mourut par le poison;
Si proche de regner, tout nous est legitime,
Et ie vay couronner vostre teste & mon crime;
Le Trosne est deuant nous, & derriere vn tombeau;
Quel spectacle des deux vous paroist le plus beau?
Marchons vers le premier, la veuë en est plus belle.

LIVIE.

La conjuration, en quel estat est-elle?

SEIAN.

Tout m'obeït dans Rome, & ma profusion
Range tous les soldats à ma deuotion;
Et pour former en eux vn secours plus facile,
Ie les ay reünis dans le cœur de la ville.
De là, si ie les porte à des souleuemens,
Vous les verrez se rendre à mes commandemens;

Enfoncer auec moy le Palais de Tibere,
Sacrifier sa vie à leur prompte colere;
Et tous de cette voix, que pousse la fureur,
A l'aspect des Romains, me créer Empereur.
La charge de Tribun m'est encore necessaire,
Elle ébranle à son gré tout l'estat populaire;
Ie me l'assujetis par cette authorité;
Naturellement Rome aime la nouueauté;
Elle, qui dés long-temps vit dans la seruitude,
Se promet en changeant vn Empire moins rude;
Et d'ailleurs son humeur m'étonneroit bien peu;
Le naturel d'vn Peuple agit comme le feu;
S'il s'échauffe aisément à la premiere amorce,
Apres sa violence, il perd toute sa force:
I'aime mieux m'asseurer des premiers du Senat,
Et disposer les Grands à cet assassinat;
Ces petits Souuerains trainent la populace;
Et leur exemple abat ou soûtient son audace;
Ie n'agis point aussi comme ces imprudens,
Qui sont foibles dehors, & puissans au dedans;
I'aime le cabinet, mais ie veux la campagne,
Aidé des legions qui sont dans l'Allemagne;
Et du puissant secours que leurs Chefs m'ont promis,
Ie maintiendray le rang où ie me seray mis.
Que ne puis-je, assisté par ces troupes fidelles?
Par vn Courrier exprés, i'en attens des nouuelles;

Iusqu'à son arriuée, on n'entreprendra rien;
Son ordre estant venu, ie donneray le mien.

LIVIE.

Ie ne sçay qu'admirer dans vn si grand ouurage,
Ou de vostre prudence, ou de vostre courage.

SEIAN.

Mais comme mes desseins veulent quelque longueur,
Ne me rejettez plus dedans cette langueur?
Et dans ce long espoir qui menaçoit ma vie,
Que ie regne à loisir, mais possedant Liuie!
Dans l'attente d'vn Sceptre on se peut consoler,
Mais, Madame, en amour l'on ne peut reculer;
Ie ne puis differer vn moment dauantage.

LIVIE.

Voyez donc l'Empereur, touchant ce mariage.

SEIAN.

Il faut par vn écrit sçauoir sa volonté;
C'est comme il faut traitter auec sa Majesté;
La loy ne permet pas dans de pareilles causes,
Qu'on luy donne autrement connoissance des choses;
Terence de ma part ira luy presenter,
Et sur cet hymenée, il le pourra tenter:

Que ma femme en cecy me traitte d'infidelle,
Vn diuorce bien-tost me va défaire d'elle;
Et mesme apres le cours de son ressentiment,
Ie veux qu'elle authorise vn si beau changement.
Enfin nous te touchons, bien-heureuse iournée;
Qui te va celebrer par ce grand hymenée!

LIVIE.

Je vay dedans ma chambre attendre vn si beau iour;
Ie veux voir, comme vous, la fin de cette amour.

SEIAN.

J'auray iusqu'à ce temps la mesme impatience.

LIVIE en s'en allant, & bas.

Tu l'as pour ton amour, & moy pour ma vengeance;
Il ne vient que trop tard.

SEIAN seul.

O fortuné moment!
Je me sens approcher de mon contentement!
O l'incommode objet! ô l'importune approche! Sa femme & sa fille entrent.
Fuyons cette ialouse? éuitons son reproche.

SCENE III.

SEIAN, APICATA, VOLVZIE.

APICATA.

NOn, non, Sejan, arreſte? & ne crains rien de moy?
Ie viens authoriſer ton manquement de foy;
Ie te cede à Liuie, & luy quitte la place;
D'vn eſprit moderé ie ſouffre ma diſgrace;
Puis qu'elle contribuë à ton contentement,
Et qu'elle ſemble ayder à ton auancement,
Sejan n'eſtoit point né pour de baſſes fortunes,
Ny moins pour s'allier à des maiſons communes;
Les Dieux luy reſeruoient la niepce des Ceſars,
Liuie eſtoit acquiſe à ſes moindres regards.
Si c'eſt là ton motif, tu peux eſtre infidelle;
Va, ſans me regarder, où ton bon heur t'appelle;
Appaiſe, inſatiable, vne ſi viue ardeur,
Et gouſte, ambitieux, des fruits de ta grandeur:
Mais fais reflexion qu'elle eſt ſouuent fatale;
Prens-en, te défiant, la dot de ma riuale;

Et quelque grand credit que tu t'en sois promis,
Apprens à soupçonner le don des ennemis.
As-tu d'autres sujets d'abandonner ta femme?

SEIAN.

Helas!

APICATA.

Te repens-tu?

SEIAN.

Que ne vois-tu mon ame!

APICATA.

Je ne la veux point voir, cache là moy toûjours;
Ne me decouure point tes nouuelles amours;
Le soupçon que i'en ay ne m'est que trop funeste;
Que dis je, le soupçon! ta flame est manifeste?
C'est d'vn espoir trop vain que i'ose me flater;
Le feu que tu cachois, va bien-tost éclater.
Cruel, éclaircis nous d'vn amour si visible?

VOLVZIE.

Seigneur, à tant de voix serez vous insensible;
La Nature vous parle, & l'honneur, & la foy.

SEIAN.

Ie sçay bien mon deuoir, & ce qu'il peut sur moy;

Ie cheris mes enfans à l'égal de moy-mesme,
Et Rome a pû connoistre à quel poinct ie les aime;
Tous les jours ie trauaille à vostre auancement,
Et cherche à procurer vostre établissement.
A d'augustes partis ie vous ay fait pretendre;
Apres vn Claudius, vn Terence est mon Gendre:
Receuez de ma main vn si celebre Espoux,
Et reconnoissez mieux ce que ie fais pour vous.
Consolez vous, Madame; Adieu, viuez contente.

SCENE IV.

APICATA, VOLVZIE.

APICATA.

C*Ette brutale amour est enfin éuidente.*

VOLVZIE.

Le puis-je conceuoir?

APICATA.

Tu n'en dois plus douter,
Et mesme sans horreur tu ne peux m'écouter.

Ah, sexe imperieux! ah, puissance excessiue!
Le mary prend des droicts dont luy-mesme nous priue!
Il decide à son gré de tous ses differens!
Il nous faut obseruer la loy de ses tyrans!
Ils vsurpent sur nous la puissance d'vn maistre,
Et nous mettent au joug, sans s'y vouloir soûmettre!

VOLVZIE.

Il vous dût dispenser d'vne commune loy.

APICATA.

Encor seroit-ce peu de me manquer de foy;
Il est bien plus coupable; apprens ses autres crimes,
Et voy si mes soupçons sont icy legitimes:
Il établit son regne auec beaucoup de sang,
Et la mort par son ordre alla de rang en rang;
Sa main se fit hardie à force de grands crimes;
Il se fit immoler des augustes victimes;
Le grand Germanicus luy fut sacrifié;
Le Senat soupçonneux s'en estoit défié:
Mais malgré son ombrage, il se fallut contraindre;
Rome, par habitude, auoit appris à feindre;
Le Prince estoit meslé dans ce grand attentat;
Sejan l'interressoit dans tous ces coups d'estat:
Il ne voit pas aussi que ce faux Politique,
Se veut seruir de luy contre la Republique;

Et qu'il veut l'employer en tant de lâchetez,
Comme vn instrument propre à ces meschantez.
Ainsi par ce secret, l'vn & l'autre se joüe;
Il décharge Tybere, & Tybere l'auoüe;
Druze estoit vn obstacle aux desseins qu'il auoit;
Auec auidité Sejan le poursuiuoit;
Il fut empoisonné par les mains de Liuie,
Qui fut d'intelligence auecque son enuie,
Et qui pour s'attirer l'amour d'vn fauory,
Voulut contribuer à la mort d'vn mary.

VOLVZIE.

Quoy, Madame, Liuie est donc si criminelle!

APICATA.

C'est là le sentiment que les Romains ont d'elle;
Dans tous les cabinets ce grand bruit a couru,
Et les moins scrupuleux, & l'ont dit, & l'ont crû;
Mesme le bruit est tel, qu'ils ont trompé Tybere,
Que leur bouche a rendu le fils suspect au pere,
Et que ce diferend, surpris par leur rapport,
Commit à ces Amans le genre de sa mort:
Ce qui donna du poids à cette erreur publique,
Fut qu'il ne pleura point la mort d'vn fils vnique,
Et que feignant dans l'ame vn excés de douleurs,
Ce cœur dissimulé luy refusa des pleurs.

Ainsi, comme l'Amour, le meurtre les assemble;
Et de ces entretiens qu'ils ont tousiours ensemble,
L'on peut bien presumer qu'apres cette fureur,
Ils ont pû concerter la mort de l'Empereur.
Lâche & cruel Sejan.

VOLVZIE.

C'est vostre Espoux, Madame.

APICATA.

O Dieux! a-t'il fallu que ie fusse sa femme!
Puis qu'il m'est deffendu d'offencer mon Espoux,
Contre mon ennemie, éclatte mon courroux?
Rigoureuse vertu, souffre que ie la voye,
Que i'aille par ma plainte interrompre sa joye,
Et que sans violer ce que ie dois à l'vn,
J'aille donner à l'autre vn spectacle importun?

VOLVZIE.

Madame, où courrez-vous?

APICATA.

Ie vais voir ma riuale;
Ie vay par elle-mesme apprendre ce scandale;
Et quoy que ce secret, ne me soit plus douteux,
Apprendre par sa bouche vn Hymen si honteux.

Fin du Premier Acte.

ACTE II.

SCENE PREMIERE.

DRVSE, FVLVIE.

DRVSE.

POurquoy, chere Fuluie, as-tu fait voir ma flâme?
Pourquoy luy montrois-tu les secrets de mõ ame?
Que n'a-t'elle point dit contre ma vanité?
N'a-t'elle point rougy de ma temerité?

FVLVIE.

Prenez-en quelque espoir, puis qu'elle l'a soufferte.

DRVSE.

N'as-tu point veu ses yeux qui presageoient ma perte?
Ses yeux tous indignez, tous remplis de courroux,
D'où la haine chassoit ce qu'ils auoient de doux.
Elle perdroit Sejan!

FVLVIE.

Vous vous troublez vous-mesme.

DRVSE.

Osai-je me flatter?

FVLVIE.

Sçachez qu'elle vous aime.

DRVSE.

Temeraire soupçon qu'vne ville a conceu!
Soupçon malicieux, que i'ay si bien receu!
Legere opinion, tu m'as fait faire vn crime!
Mais quoy? cette creance estoit trop legitime;
En cecy l'apparence estoit toute pour moy,
Et le plus incredule auroit donné sa foy.
Liuie est innocente! O Dieux, qui l'eust pû croire?

FVLVIE.

Elle va recouurer ce qu'elle a moins de gloire;
Et jusques à ce iour, tant de momens perdus,
Luy seront par vn seul heureusement rendus.

DRVSE.

Loin de la condamner, i'appreuue sa prudence.
Allons la voir, Fuluie.

FVLVIE.

Elle-mesme s'auance.

DRVSE.

Dieux! par quel moüuement me vois-je arresté?
Dans mon premier respect, ie me sens rejetté.

SCENE II.

DRVSE, LIVIE, FVLVIE.

DRVSE.

QVE n'eus-tu, ma Fuluie, vn peu de retenuë,
Ma passion encor luy seroit inconnuë,
Et ie n'attendrois pas de ma temerité,
L'arrest qu'elle medite, & que i'ay merité.
Oüy, Madame, éclattez contre ce temeraire;
Deffendez de parler à qui n'a pû se taire.

LIVIE.

Druse, il se faut porter à de hauts sentimens;
Et ne iamais descendre en ces bas complimens;

Des termes si communs sentent trop leur foiblesse,
Ce ne sont point amours de Prince & de Princesse;
Cette façon d'aimer sied bien aux Citoyens,
Mais il faut m'acquerir par de nobles moyens.
Enfin, si vous m'aymez, faites-le moy paroistre,
Montrez vous aujourd'huy, ce que vous deuez estre,
Et dignes des parens dont vous tenez le iour.

DRVSE.

Vous souffriez par raison, i'endurois par amour.
Osois je conspirer contre vne chere vie,
Et pouuois-ie attenter sur l'Amant de Liuie?
Quoy? dedans cette erreur qu'il fut aimé de vous,
I'aurois percé son cœur de mille & mille coups;
Ie l'eusse assaßiné dedans cette croyance.
Ah! Madame, l'Amour desarmoit ma vengeance;
Vous seule reteniez & suspendiez mon bras:
Oüy, mille fois sans vous, i'auançois son trépas;
Ie l'aurois immolé dans le sein de Tybere,
A l'ombre d'Agripine, aux manes de mon pere;
Le fer ouuertement m'eut vengé du poison,
Et du cruel autheur des maux de ma maison;
Et pour rendre à mon gré ma vengeance plus pleine,
Vn peu de ialousie eut augmenté ma haine;
Ie l'eusse redoublée à l'objet d'vn riual.

LIVIE.

LIVIE.

Ce premier mouuement vous eut esté fatal;
Vous y pouuiez perir auec vn grand courage.

DRVSE.

I'y tomberay du moins auec quelque auantage;
Et si les grands perils me doiuent accabler,
J'inspireray la crainte à qui fait tout trembler;
Je le feray pâlir au milieu de sa suitte.

LIVIE.

C'est auoir vn grand cœur auec peu de conduite;
C'est n'estre pas vengé, que de l'estre à demy;
C'est faire vn beau spectacle aux yeux d'vn ennemy,
Qui sans estre en danger voit de loin nostre perte.

DRVSE.

Il est beau de tenter vne entreprise ouuerte.

LIVIE.

Quoy? forcer son Palais, les armes à la main!
Ozer ce que ne peut tout le peuple Romain!
La grandeur de Sejan est trop bien établie;
Il n'est rien de puissant, que son bras n'humilie;
Son joug s'est étendu par tout cet Uniuers;
Ce monstre de Fortune a tout mis dans ses fers:

Si le pouuoir des Dieux n'entreprenoit ſa perte,
Rome ne l'oſe pas dedans la force ouuerte;
Rome aujourd'huy domptée, & ſi fiere autrefois,
De qui le grand orgueil ne pût ſouffrir des Rois,
Eſt aujourd'huy ſoûmiſe au caprice d'vn homme,
Digne d'aſſujettir cette orgueilleuſe Rome!
Le premier des Ceſars eſt pleinement vengé,
Il voit auec plaiſir le Senat affligé,
Et Rome ſoûpirer dans cette ſeruitude.

DRVSE.

Elle a receu le prix de ſon ingratitude;
La longueur du ſupplice amoindrit ſon peché.
Ce ſpectacle m'émeut.

LIVIE.

Mon cœur n'eſt point touché;
Et ſi vos intereſts n'eſtoient en ſa querelle,
Je vous détournerois de trauailler pour elle.

DRVSE.

Et les ſiens & les miens m'occuperont le moins;
C'eſt à vos intereſts que ie donne mes ſoins;
Ie m'en vay épouſer voſtre ſeule vengeance.

LIVIE.

L'on ne ſe peut conduire auec trop de prudence;

Nous sommes arriuez sur vn pas dangereux,
Et dedans vn peril à nous perdre tous deux.

DRVSE.

Si pour vostre salut mon bon-heur vous destine,
D'vn pas tout glorieux ie marche à ma ruine;
A vous toute la gloire, à moy tout le danger.

LIVIE.

Le peril est trop grand, ie le veux partager.
Allez voir l'Empereur.

DRVSE.

Que produit cette veuë?

LIVIE.

Dans deux heures d'icy vous en verrez l'issuë;
Preparez son esprit à mes impreßions,
Son ame châque instant change de paßions;
C'est le plus inégal que l'Empire ait veu naistre;
Sejan penetre mal dans l'humeur de son maistre;
Et depuis quelque temps, i'y vois de la froideur;
Sejan luy fait ombrage auec tant de grandeur;
Tybere s'en défie, & n'ayant point d'affaire,
Ne cherche qu'vn pretexte à s'en pouuoir défaire.
Auecques les soupçons, qu'il a desia conceus,
Mes aduertissemens seront bien-tost receus.

DRVSE.

Et si dans le succés vous vous treuuez surprise !

LIVIE.

Si ie ne reüßis dedans mon entreprise,
Ie redonne à vos mains toutes leurs libertez;
Ces bras que ie tenois ne sont plus arrestez;
S'il faut vous exciter par quelque recompence,
Ie ne suis point ingrate.

DRVSE.

O belle impatience !
Ardeur qui me saisis, & qui me promet tout,
Est-il quelque peril dont ie ne vienne à bout ?

SCENE III.

LIVIE, FVLVIE.

LIVIE.

ET bien, chere Fuluie, à la honte des hommes,
Inutiles, sans charge, & foibles que nous sommes,

Nous auons entrepris, ce qu'ils n'ont pas osé.

FVLVIE.

Vostre dessein, Madame, est tres-bien proposé;
Le Ciel dans nostre sexe a mis de grandes ames,
Et s'est souuent seruy de la vertu des femmes;
Ils vous ont destinée à ce fameux bon-heur,
Les hommes estoient peu, pour vn si grand honneur;
Leur sexe a des Heros, & nous des Heroïnes.

LIVIE.

Non, non, dans nostre siecle il est peu d'Agripines.

FVLVIE.

Vne seule Liuie, a merité ce nom.

LIVIE.

La femme de Sejan aspire à ce renom;
Et l'on peut dire d'eux, auec quelque justice,
Que l'on vit s'allier les vertus & le vice.

FVLVIE.

Dieux! elle vient à nous; quel est son mouuement?

LIVIE.

C'est, sans doute, vn effet de son ressentiment.

SCENE IV.

FVLVIE, LIVIE, APICATA, VOLVZIE.

APICATA.

MAdame, mon abord a dequoy vous ſurprendre,
Et ie ne ſçai comment vous me pourrez entendre.
Je vous viens ſupplier de me tirer d'erreur;
Sejan, pour vos amours, verra-t'il l'Empereur?
Ce bruit eſt ſi commun, qu'il a remply la ville.

LIVIE.

Vous auez pris, ſans doute, vne peine inutille;
Ie vous aſſeure encor de cette verité.

APICATA.

C'eſt là le digne effet d'vn enorme traitté,
Et l'éclairciſſement de tant de conjectures;
L'on n'a qu'à ramaſſer toutes les conjonctures,
Et iuger de la fin par le commencement;
Le paſſé ſe r'appelle en cet euenement;
Et les moins clair-voyans dedans l'ordre des choſes,
Treuuent de cet Hymen les veritables cauſes.

N'est-ce point par mon sang, qu'il doit estre signé?
C'est là le dernier coup qu'on auoit designé;
Druse en auoit formé les premiers caracteres,
Ma mort doit consommer des amours si legeres;
Pendant qu'on meditoit la mort de vostre Espoux,
Vous dreßiez contre moy la pointe de vos coups;
Vostre repos, Madame, exigeoit ma ruine,
Il n'est pas bien fondé sur celle d'Agripine;
Cette pauure Princesse affermit vos grandeurs,
Et ie dois établir vos nouuelles ardeurs.
Assurez-vous encor par la mort de Tybere;
Qui fit mourir le fils, peut bien tuer le pere:
Ce troisiesme attentat n'est pas encor assez,
Dans mes predictions, d'autres sont menassez;
Vostre amour est fatale, & vous cachez sous elle,
Ce que l'ame a de noir, de lâche, & d'infidelle;
Vous charmez, vous flatez ce nouueau Fauory,
Et vous le traitterez comme vostre mary:
Il trouuera bien-tost la fin de vos caresses,
Et des faueurs que font de pareilles Maistresses.
Vangez, vangez, Madame, vn si cruel affront;
Vous me faites languir, que le coup en soit prompt.

LIVIE.

Vous sçauez qui ie suis, & le peu que vous estes,
La foudre ne va point sur de si basses testes,

La Niepce des Cesars ne va pas jusqu'à vous,
Et l'on voit moins tomber, que monter son courroux:
Ie pardonne aux transports dont vous estes troublée;
Et si ie ne voyois une ame déreglée,
Ie vous aurois appris à manquer de respect.

APICATA.

Ie ne deffere point à ce qui m'est supect:
Ie parle à ma riuale.

LIVIE.

Aussi, c'est en ialouse.

APICATA.

Ie ne vous rauy point la qualité d'Espouse;
C'est vn nom glorieux à qui vous aspirez;
Vos plaisirs là dessous seront mieux asseurez;
Vostre amour par l'Hymen deuiendra legitime.

LIVIE.

Oüy, ie vais amoindrir la grandeur de mon crime;
Ie m'en vay reparer l'honneur que i'ay perdu.

APICATA.

C'est ce que Rome entiere a tousiours attendu;
Et dés que le remords souffre qu'on le surmonte,
Qui peche sans rougir, le diuulgue sans honte.

SCENE V.

SCENE V.

APICATA, VOLVZIE.

APICATA.

AH! ſcandaleuſe amour! des-honneur eternel!
Qui d'elle, ou de Sejan, eſt le plus criminel?
Sur lequel de ces deux tombe plus d'infamie?
Et de qui ſuis-je, ô Dieux! la plus juſte ennemie?
Leur impudicité m'offence égalemant,
Et ie voy d'vn meſme œil la Maiſtreſſe & l'Amant;
L'vne ſe proſtituë, & l'autre m'abandonne.

VOLVZIE.

Madame, il faut ſouffrir, voſtre deſtin l'ordonne.

APICATA.

Non, il faut expoſer cet adultere au iour,
Il faut faire éclater ma peine & leur amour;
A la face de Rome, étalons ce myſtere,
Et portons ce flambeau juſqu'aux yeux de Tybere.

VOLVZIE.

Sans penser à leur perte, il faut songer à vous.

APICATA.

Bien loin de reculer, ie m'offre à leur courroux.

VOLVZIE.

Vous venez d'enflâmer la fureur de Liuie.

APICATA.

Voy par là le mépris que ie fais de la vie.

VOLVZIE.

C'en est bien vne marque; & vray semblablement,
Vous serez immolée à son ressentiment.

APICATA.

Ie ne luy rauis point sa derniere victime,
Et ie luy viens d'offrir la matiere d'vn crime;
I'ay voulu luy donner ce qu'elle demandoit.

VOLVZIE.

Elle voit arriuer ce qu'elle en attendoit.
Pourquoy luy donniez vous vn si grand auantage?
Elle se preparoit à souffrir cet outrage;

Et ſon impatience alloit juſqu'à ce poinct,
Que vous l'auriez ſurpriſe, en ne l'irritant point.
Deſia ſur ce pretexte, & dans ſa preuoyance,
Cet eſprit dangereux meditoit ſa vengeance;
Loin d'accroiſtre ſa rage, il la falloit flatter,
Et ne la pas reduire en eſtat d'éclater.

APICATA.

Que tu penetres mal le fonds de ces penſées!
Ses conſpirations y ſont toutes dreſſées,
Ses crimes vont par ordre; & leur terme arriué,
L'on voit l'vn commencer, quand l'autre eſt acheué:
Ma mort doit ſucceder à celle d'Agripine,
Et ie vois approcher le iour de ma ruine.
Allons treuuer Ceſar, deſillons luy les yeux.

VOLVSIE.

Remettez voſtre cauſe au iugement des Dieux.

APICATA.

Ah! que ſon repentir eſt bien hors d'apparence!

VOLVZIE.

Pour l'y mieux diſpoſer, employons-y Terence;
Il peut beaucoup ſur luy. Mais, ô Dieux! le voicy;
Et c'eſt noſtre bon-heur qui nous l'adreſſe icy.

SCENE VI.

APICATA, VOLVZIE, TERENCE.

TERENCE.

IE vous viens affliger, par de tristes nouuelles.

APICATA.

J'y suis accoûtumée, & mesme aux plus cruelles;
Et dans le triste estat où m'a mise le sort,
I'attendrois, & l'arrest, & le coup de ma mort.
Je sçait bien que Sejan fait demander Liuie.

TERENCE.

Ie ne vous cele point que c'est là son enuie,
Ie vous tairay bien moins que i'ay pris cet employ.

APICATA.

Vous, vous, son confident!

TERENCE.

Il s'est seruy de moy.

Cette commiſſion n'eſt pas ſi criminelle.

APICATA.

Non, non, témoignez luy quel eſt voſtre grand zele,
Et que vous preferez ſon intereſt au mien.

TERENCE.

Je mets en meſme rang, & le voſtre, & le ſien;
J'honore l'vn & l'autre, & i'aime voſtre fille;
Ainſi mon ſort m'attache à toute la famille;
L'amour & l'amitié m'y tiennent engagé,
Et pour voſtre maiſon mon cœur eſt partagé.

VOLVSIE.

Ne parlons point d'amour dans vn temps ſi contraire;
Si vous m'aimez encor, allez reuoir mon pere;
Tachez de l'émouuoir; & pour le mieux toucher,
Expoſez à ſes yeux ce qu'il a de plus cher,
Son honneur, ſes amis, & toute ſa famille;
Et (s'il s'en ſouuenoit) parlez luy de ſa fille.

APICATA.

Oüy, par cette amitié que vous nous proteſtez,
Et ſi vos ſentimens ne ſont point affectez,
Reuoyez mon mary, perſuadez ſon ame,
Et rendez, s'il ſe peut, vn Eſpoux à ſa femme;

Vous pouuez tout ſur luy.

TERENCE.

I'y treuue peu d'eſpoir;
Mais par l'ordre du Prince, il me le faut reuoir;
Luy dire de ſa part qu'il peut venir luy meſme,
Et ſans craindre les Loix, demander ce qu'il aime.

Fin du Second Acte.

ACTE III.

SCENE PREMIERE.

TYBERE, DRVSE,

TYBERE.

COrrompre mes ſoldats, & traitter vne ligue!
Dans Rome, moy preſent, fomenter vne brigue!
Dangereux ſeruiteur! eſprit lâche & couuert!
Ay-je pû carreſſer vn homme qui me perd?
Le combler de faueurs, de dignitez, de graces,
Et l'ingrat pût auoir de pareilles audaces!
Qui ne s'étonneroit de ces hardis projets?
Iuſqu'à quelle inſolence ont monté nos Sujets?
Rome, juſques à quand produiras-tu des traiſtres,
Et quand ceſſeras-tu d'attenter ſur tes Maiſtres?
L'on pût iuſtifier le meurtre de tes Rois;
Il te falloit venger le mépris de tes Lois,

Te deliurer d'vn joug que tu crûs tyrannique,
Et maintenir contr'eux la liberté publique.
La mort des Decemuirs se pouuoit pardonner,
Ils abusoient d'vn droict, que tu leur pûs donner;
Le faux zele de Brute est encor excusable,
Le pretexte qu'il prit, le faisoit moins coupable:
Mais que toy par ta main tu prennes des tyrans,
Tu trahisses ainsi les motifs que tu prens,
Que dans ta repugnance à souffrir nostre Empire,
Tu vueilles retomber sous vn regne bien pire,
As-tu pû conceuoir de semblables erreurs,
Et preferer Sejan à tes vrais Empereurs?
Druse, vois cet escrit, tu sçauras ses menées,
Et de quel artifice elles sont ordonnées.

DRVSE, lisant cet aduis.

A Tybere, Empereur. Prince, il est de ma foy,
De te faire auertir de bien songer à toy;
Garde de negliger l'aduis que ie te donne;
L'on attente à l'Empire, & dessus ta Personne;
Desia tes legions sont prestes de marcher,
Et c'est vn armement qu'on tâche de cacher.
Quelque precaution qu'on prenne pour leur route,
La mine qu'elles ont, éclaircit nostre doute;
Elles n'attendent plus que l'ordre de Sejan;
Et si tu ne preuiens l'effort de ce tyran,

Tu

Tu te verras bien-tost aſsiegé dedans Rome ;
Et forcé par tes mains de couronner cet homme ,
Ou dedans , ou dehors , il a des partiſans ,
Qu'il entretient ſans ceſſe à force de preſens.
Ton General y meſle vn peu de conniuence ,
Et presque tous tes Chefs ſont de l'intelligence.
Mes compagnons , & moy , voulons ſauuer l'Eſtat ;
Et voulons t'informer d'vn ſi grand attentat.
Ie t'enuoye vn Courrier auec diligence.

TYBERE.

Cher Druſe , il eſt beſoin d'vn extreme prudence.

DRVSE.

Cette occurence icy n'en demande pas tant ;
Il faut precipiter vn deſſein important ,
Ne point faire languir vne grande entrepriſe ,
Et pourſuiure vne route , auſſi-toſt qu'on l'a priſe.

TYBERE.

Ie voy mon precipice , il y faut trébucher ;
N'importe , auec courage , il y faudra marcher ,
Et i'y vay conſeruer vne audace Royalle ,
Et cette fermeté qu'on voit par tout égale ,
Vn front majeſtueux , vn front , que le mal-heur
N'aura point veu pâlir , ny changer de couleur.

Empereur, dans les fers! Prince, ou ſans Diadéme!
Iuſqu'à l'extremité, i'auray veſcu le meſme!
Je veux que mes vainqueurs le puiſſent témoigner,
Que Tybere en tous lieux a ſceu l'art de regner:
Cette demiſsion qui ne m'eſt point honteuſe,
Pour ton ſeul intereſt, me deuiendra fâcheuſe;
Ie la ſupporterois auec quelque douceur,
Si ie laiſſois l'Empire à mon vray ſucceſſeur:
Mais il faut que ie ſouffre vne entiere diſgrace,
Et qu'vn vſurpateur le rauiſſe à ma race.
Cher Druſe, c'eſtoit toy que i'auois deſtiné,
"Et que ie choiſiſſois pour eſtre couronné;
La cruauté des Dieux m'auoit rauy mon frere,
Cette meſme rigueur m'auoit oſté ton pere.
O Ciel! c'eſtoit trop peu des maux que tu me fis!
Ton inhumanité me priua de deux fils!

DRVSE.

Seigneur, voſtre indulgence eſtoit trop exceſsiue,
Et par voſtre bonté tout ce deſordre arriue.
Ie ne veux point gehenner l'affection des Rois,
Le peuple doit iuger des hommes par leurs choix;
Et quand de leurs faueurs ils ont crû quelqu'vn digne,
Il luy doit confirmer ce priuilege inſigne;
Et ſans s'examiner s'il l'auoit merité,
S'imaginer qu'il l'aye auec quelque equité.

Les Princes, de leur part, y doiuent leur prudence,
Preuenir leurs faueurs de quelque connoiſſance,
Et ne les point verſer ſur d'indignes objets;
L'on s'attire autrement la haine des ſubjets.
Il ſe fait dans l'Eſtat vn general murmure,
Le Prince eſt plus blâmé, que n'eſt ſa creature,
Et la rage du Peuple, au moindre euenement,
En condamne la cauſe, & non pas l'inſtrument;
L'on rejette ſur vous les deſaſtres de Rome,
Tant vous auez acrû la puiſſance d'vn homme;
Vous auez dans luy ſeul ramaſſé les honneurs,
Vn homme ſans merite, a le prix de pluſieurs,
Les charges de l'Empire en luy ſeul ſont vnies;
Vous répandez ſur luy des graces infinies;
Et par vne faueur, qui fait mille jaloux,
Vous auez fait Sejan vn peu moindre que vous;
Encor abuſe-t'il du credit qu'on luy donne;
L'ingrat, & l'inſolent, ne carreſſe perſonne;
Et ſur ces hauts degrez, où ſon bon heur l'a mis,
Il dédaigne d'auoir de petits ennemis.
C'eſt aux grandes maiſons que ſes deſſeins s'attachent
Mais ſes precautions empeſchent qu'ils ſe ſçachent;
Le poiſon ſourdement, l'a rendu ſans riuaux.

TYBERE.

Oüy, Druſe, ie le crois l'autheur de tous mes maux,

I'ay trauaillé moy-mesme à ma propre ruine,
Et i'armay d'vn poignard, le bras qui m'assaßine:
Oüy, sur mon propre fils il porta sa fureur.
Ah! ce cruel soupçon, me donne de l'horreur!
Ostons-nous de l'esprit cette triste creance?

DRVSE.

Cette horrible action a de la vray-semblance;
Et quoy que le poison ne fut pas aueré,
Par vne circonstance on se l'est figuré;
Il recherche sa vefue.

TYBERE.

Il veut de moy Liuie!
Et dans le mesme temps qu'il attente à ma vie!

DRVSE.

Ah! Seigneur, donnez moy l'ordre de l'arrester,
Iusques dans son Palais, i'iray l'executer;
Il le faut preuenir, plûtost que de l'attendre,
Et ne luy pas laisser le temps de nous surprendre.

TYBERE.

Mes gens le saisiront auec commodité.
Macron, me réponds-tu de ta fidelité?

MACRON.

Ah! Cesar, mille fois ie te l'ay fait paraistre,
Et telle qu'vn subjet la conserue à son Maistre.

TYBERE.

Ie puis auoir icy des sujets d'en douter.
As-tu du cœur?

MACRON.

Assez, pour ne rien redouter.

TYBERE.

Il faut saisir Sejan?

MACRON.

Sejan!

TYBERE.

Tu l'apprehendes?

MACRON.

Non, i'executeray ce que tu me commandes,
Auec quelque grand soin qu'il se fasse garder.

TYBERE.

Il n'est pas de besoin de se tant hazarder;

Ramasse tes soldats, & te rends à la porte;
S'il est accompagné, fais ta garde plus forte;
Et sur tout n'agis point que par vn ordre exprés.
Toy, Regulus.

REGVLVS.

Seigneur.

TYBERE.

Tenez vous icy prés.
Druse, il nous faut icy composer nos visages,
Et ne luy point donner de sinistres ombrages;
Il doit venir bien-tost. Mais le voicy qui vient;
Sans se faire chercher, luy-mesme nous preuient.

SCENE II.

TYBERE, DRVSE, SEIAN, REGVLVS.

SEIAN.

CEsar, i'enfrains les loix!

TYBERE.

Qu'vn autre les obserue,
Ie t'en veux dispenser.

SEIAN.

Obligeante reſerue !

TYBERE.

Ie ne te traitte pas en homme du commun.

SEIAN.

Ie ne me laſſe point de vous eſtre importun;
Je cherche à vos bontez de nouuelles matieres,
Et moins aux Dieux qu'à vous i'adreſſe mes prieres.
Auguſte, & vous, Ceſar, m'auez comblé de biens,
Mais de loin, vos bien-faits ont ſurpaſſé les ſiens;
Vous m'auez accordé tous les honneurs de Rome,
Et de quoy contenter tous les deſirs d'vn homme;
Le plus ambitieux s'en ſeroit aſſouuy,
Außi par ce ſecret vn Prince eſt mieux ſeruy;
Et ces nobles ſujets qui dédaignent la force,
Les cœurs ſe laiſſent prendre à cette douce amorce;
La liberalité fait d'aimables efforts,
Et s'acquiert les eſprits, comme l'autre les corps;
C'eſt auec paßion qu'vn ſubjet ſe hazarde:
Mon pere auec ce cœur commanda voſtre garde;
Et s'eſtant ſignalé dans mille occaſions,
Merita voſtre eſtime & vos affections.
A peine fut-il mort en ce noble exercice,
Que l'on me confirma cet important office;

Tout jeune que i'estois, ie me vis dans l'employ,
Et i'eus de beaux moyens de vous montrer ma foy;
J'ay plainement remply cette belle esperance:
Aussi, si i'ay seruy, i'en eu la recompense,
La charge de Preteur, celle de Consulat,
Et successiuement les honneurs du Senat:
Je commande à ce corps qui regit cent Prouinces,
Et i'ordonne, apres vous, de tous ces petits Princes;
Enfin vous m'auez fait le second des Romains,
Et vous voyez, Cesar, l'ouurage de vos mains;
Ie puis sans vanité l'ozer presque pretendre,
Et ie puis aspirer au nom de vostre gendre;
Si la vefue de Druse a besoin d'vn mary,
Seigneur, jettez les yeux sur vostre fauory:
Desia vostre alliance illustra ma famille,
Le fils de Clodius eut épousé ma fille;
Ce glorieux Hymen se deuoit acheuer,
Sans le grand accident qui vint nous l'enleuer,
Et qui nous l'arrachant, au plus beau de son âge,
Detruisit vostre espoir, auec ce mariage.
Auguste, vostre pere, a voulu s'allier,
Auecques la maison d'vn simple Cheualier;
Cesar, i'implore icy vostre toute puissance,
Faites moy meriter vostre auguste alliance;
Et puis que vostre sang vous éleua sur nous,
Par vostre abaissement, approchez-moy de vous;

Il

Il n'eſt rien juſque là qui vaille mon enuie;
C'eſt ſa poſſeßion!

TIBERE.

Qu'on appelle Liuie?

SEIAN.

A quel excés d'honneur portez vous vn Subjet!

TYBERE.

Tu te peux deceuoir dans vn ſi haut projet;
Et ne te flatte point, de penſer que Liuie,
Prenne à ton auantage vne ſi baſſe enuie,
Qu'elle daigne épouſer vn ſimple Cheualier,
Qu'elle ſe méconnoiſſe, & ſe vueille oublier;
Ce ſeroit vn opprobre aux familles Romaines,
Qui virent ſes parens aux charges Souueraines,
Qui ne pourroient ſouffrir ce mélange odieux,
Ny voir ta maiſon jointe à la race des Dieux;
Ie mettrois mes Neueux dans de longues querelles,
Et verrois entre vous des haines immortelles.
Où nous reduiriez-vous, ſi vous veniez aux mains,
Et ſi vos diferends partageoient les Romains?
Meſure tes projets auecques ta puiſſance,
Ou les proportionne à ta ſeule naiſſance:
Toute Rome m'haït pour t'auoir agrandy,
Et i'en ſuis décrié, loin d'en eſtre applaudy:

G

Dois-je encourir pour toy l'inimitié publique,
Et mettre en ma maison vn trouble domestique?
Vit on iamais dans Rome vn semblable party,
Qui fut tant inégal, & si mal assorty?
Pour l'exemple d'Auguste, il me donna sa fille,
Tant il fut inquiet, changeant & difficile;
Agrippa l'auoit euë, il me la redonna;
Cette inégalité fit qu'on le soupçonna;
Il en preuit la suitte; & s'il faut ainsi dire,
La souueraineté par là se communique;
A mesure qu'on monte, on dresse vn nouueau plan,
Et d'allié du Prince, on deuient son tyran.
Voicy venir Liuie; apprenons de sa bouche,
Ce qu'elle a concerté d'vn amour qui me touche,
Et ce qu'elle a conclu contre mon interest.

SCENE III.

TYBERE, DRVSE, SEIAN, LIVIE, REGVLVS.

SEIAN.

C'Est à vous, ma Princesse, à faire mon arrest;
Releuez nous bien-tost de l'attête où nous sommes;
Faites moy le plus grand, ou le moindre des hommes.

LIVIE.

Et bien, presomptueux, l'on voit ta vanité,
Et l'on connoist l'excés de ta temerité.
Un homme de neant a bien eu cette audace,
D'ozer faire regner sa personne & sa race!
Et le fils d'vn Strabon, le fils d'vn Cheualier,
Auecques les Cesars, demande à s'ailier!
Quoy, Seigneur, souffrez vous cette haute insolence?

SEIAN.

Ah! Madame.

LIVIE.

Tais-toy? ie t'impose silence.

SEIAN.

Ma Princesse, est-ce ainsi que vous me trahissez?
N'auez vous point aimé, ce que vous haïssez?

LIVIE.

Moy, ie t'aurois aimé, le plus lâche des hommes!
Et le plus criminel de l'Empire où nous sommes!
Tout le cours de ta vie est vn débordement,
Et de mille attentats, vn seul enchainement:
Instruis nous plainement de toutes tes maximes;
S'ils ne sont infinis, nombre moy tous tes crimes;

Estalle nous par ordre vn amas de forfaits ;
Dis nous pourquoy, comment, & quand ils furent faits?
Nul ne s'est diuerty du cours de ta vengeance,
Elle s'est étenduë auecque indifference ;
Tu t'immole les Grands, comme les plus petits,
Et tout sang assouuit tes brûlans appetits ;
Tes yeux se sont repûs de diferend carnage ;
Trois testes d'Empereurs te bouchoient vn passage ;
Et par ta tyrannie, on les a veu tomber ;
Toute Rome, auec eux, s'en alloit sucomber ;
La maison des Cesars, que tu tenois en bute,
S'alloit enuelopper dans cette grande chute ;
L'Empire, & l'Empereur, s'y seroient veus compris,
Si le Ciel ne m'eut mise au deuant du débris :
Oüy, ce Ciel irrité, qui dedans sa colere,
Souffroit l'aueuglement dans l'ame de Tybere,
Luy va monstrer l'abysme où ta main le poussoit ;
Il ne veut plus de fleaux, ton regne le lassoit,
Tant de meschancetez sont à ce iour prescrites,
Ta domination excedoit ses limites ;
Tu prins plus de credit, qu'il ne t'en a donné,
Et plus executé, qu'il n'auoit ordonné.

TYBERE.

Qu'entends-je icy, Sejan?

SEIAN.

Que vois-je icy, Madame?

LIVIE.

Tu l'ozes demander! consultes-en ton ame?

SEIAN.

Seigneur, elle est seduite, & Druze a concerté.

DRVSE.

Quoy, traistre!

TYBERE.

Qu'elle parle auecque liberté?

LIVIE.

Ie ne veux point parler d'vn million de crimes,
Tu les as tous cachez ou rendus legitimes;
Quelque déguisement, dont tu les ais couuerts,
Ils paroistront vn iour aux yeux de l'Vniuers;
Et cette verité, qui va par les Prouinces,
Qu'on n'introduit iamais aux cabinets des Princes,
S'y viendra presenter auec sa netteté,
Et sortira bien-tost de son obscurité;
Ces belles veritez, qu'on auoit obscurcies,
Ces morts qu'on pretextoit, s'y verront éclaircies;

Pison n'aura rien fait, qu'il n'ait eu tes aduis,
Et mourra criminel, pour les auoir suiuis.
Là se découurira ton horrible malice,
L'on verra qu'vn coupable a perdu son complice;
Et d'apprehension qu'on ne vit son peché,
Que ses precautions dans son sang l'ont caché:
Oüy, perfide, ce meurtre est bien plus vray-semblable,
Que le grand desespoir, dont tu le fis capable;
Vn lâche naturel, vne humeur de Pison,
Vne main toûjours preste à donner le poison,
N'auroit pas pû choisir vne mort volontaire;
Il auroit attendu qu'elle fut necessaire;
Et cette ame si basse, attachée à son corps,
Ne l'eut abandonné que par de grands efforts.
Germanicus à peine auoit quitté la place,
Que ta temerité monta jusqu'à l'audace;
Tu te sacrifias le fils de l'Empereur;
Le fils de Claudius éprouua ta fureur;
Et par l'ambition la plus dénaturée,
La perte de ton Prince est mesme conjurée.
C'est par tous ces degrez, que tu voulois monter,
Et tant d'empeschemens se deuoient surmonter;
Mais tu laissois, aueugle, vn obstacle en arriere;
Ie m'oppose à ta course, au bout de ta carriere;
Tu croyois voir l'effet que tu t'es projetté,
Et si proche du Trosne, on te voit arresté.

DRVSE.

Rends moy, Germanicus, & me rends Agripine,
Toy destructeur des miens, cause de leur ruine,
Abominable autheur des maux qu'ils ont soufferts,
Detestable inuenteur des poisons & des fers?
Ah! barbare; quel crime auoit commis ma mere
Pour auoir recherché l'assassin de mon pere?
Loin d'en auoir justice, & d'en tirer raison,
Elle fut releguée, & mourut en prison.

TYBERE.

Que réponds-tu, Sejan?

DRVSE.

Que pourroit-il répondre?
Tous ses déportemens ont dequoy le confondre.

SEIAN.

Ce n'est pas d'aujourd'huy que Druse m'entreprend,
Il ne peut supporter que vous m'ayez fait grand,
Et garde vne maxime aux Princes si commune,
Qu'il faut choquer sans cesse vn homme de fortune,
Et qu'il n'est pas seant de mettre en mesme rang,
Les simples Cheualiers, & les Princes du sang.
Quant à Germanicus, sa mort fut naturelle,
Et Druse injustement m'en forme vne querelle.

Pour celle d'Agripine, elle la merita;
L'on sçait à quel excés son orgueil se porta.

DRVSE.

C'est vne illusion que forment tes semblables;
Cette façon d'agir rend les Princes coupables:
Mais toy, reconnois-tu jusqu'où monte le tien?
Toy, dont la vanité n'auoit point de soûtien,
Et de qui l'insolence a pû jusque là craistre,
Que d'ozer demander la fille de ton Maistre?

LIVIE.

Quant à Druse, meschant, tu l'as empoisonné.

SEIAN.

Moy, ie l'ay fait mourir!

LIVIE.

Ah! l'homme abandonné!
Tu te veux preualoir du peu de témoignages;
Oüy, ie n'en puis tracer que de legers ombrages;
Ie ne te puis conuaincre en manquant de témoins;
L'entreprise fut faite auec de trop grands soins;
Ta politique enseigne à détruire vne preuue,
Elle deuoit t'apprendre à perdre aussi la vefue:
Mais le Ciel qui confond tous les conseils humains,
Qui rend, quand il luy plaist, nos raisonnemens vains,

Ta

T'a forcé, malgré toy, de te trahir toy mesme,
Et t'a fait découurir ton propre stratageme;
Tu m'apportois en dot, la teste d'vn mary;
A ce sanglant objet, sa vefue t'eut chery;
Tu t'en glorifiois, comme d'vne victoire,
Comme d'vne action toute pleine de gloire;
Tes entretiens d'amour, auoient ce compliment,
Et n'estoient embellis, que de cet ornement.
Je vous offre vn Empire, acceptez le, Madame;
Ie vous monstre par là la grandeur de ma flâme;
Elle exigeoit de moy la mort de vostre Espoux;
Quelle marque plus grande en desireriez vous?
Druse a desia pery, ie vay perdre Tybere,
A la perte du fils, joindre celle du pere;
Il n'est rien de hardy, que ie n'oze tenter,
Et par ce seul motif, de vous mieux meriter.
J'attens, pour ce grand coup, des forces d'Allemagne;
I'occupe également, la ville & la campagne;
Toutes les legions suiuront mes étendars;
Elles vont m'éleuer au Trosne des Cesars,
Mettre dessous mes pieds cette illustre conqueste,
Et ceux que la naissance auoit mis sur ma teste;
Perdons le jeune Druse. A tant de cruautez,
Ie fremissois en moy de tes deloyautez:
Malgré toute ma rage, il me falloit contraindre,
Deuorer mes soûpirs, m'empescher de me plaindre;

Et par vn vif tourment, qu'on ne peut exprimer,
Dire à mon ennemy que ie voulois l'aimer.
I'attendois ce moment, l'heure enfin eſt venuë,
Où ta meſchanceté doit eſtre reconnuë;
Et deſia tes remords t'empeſchent de parler,
Ou te veulent contraindre à nous tout reueler.

TYBERE.

Sejan, que réponds-tu?

SEIAN.

Leur procedé m'étonne.

TYBERE.

Leue les yeux, & voy cet aduis qu'on me donne. Sejan lit.
Quoy, tu ne rougis pas? ton front ne pâlit point?
Certes, ton imprudence eſt dans ſon plus haut poinct.

DRVSE.

Plus il ſe veut cacher, plus il ſe fait paroiſtre.

LIVIE.

Le cœur, malgré le front, ſe ſçait faire connoiſtre.

SEIAN.

Ceſar, c'eſt vn effet de leur inuention,
Et i'implore à genoux voſtre protection.

Que le Ciel à vos pieds m'abisme d'vn tonnerre,
Ou que vif deuant vous, m'engloutisse la terre,
Ou que ie sois, mon Prince, éloigné de vos yeux;
Serment bien plus sacré, que celuy de nos Dieux.

TYBERE.

Cesse de profaner vn nom si redoutable;
L'on gardera ton droict, innocent ou coupable.
Va te iustifier de cet assaßinat;
I'en commets l'examen au pouuoir du Senat;
Ta vie est dans ses mains, il iugera sans haine.
Qu'on le fasse assembler: Macron, que l'on l'y meine.
Vous Druse, & vous Liuie, aßistez au procez,
Et ne retournez point, sans en voir le succez.

SEIAN.

Vous ressouuenez-vous de tant de bons offices,
Et que vostre salut est l'vn de mes seruices.
Seigneur, mon innocence;

TYBERE.

Aura ses protecteurs;
La paßion n'est point parmy des Senateurs.
Si tu reuiens absous, mes bras sont tes refuges;
Sinon, ie t'abandonne à l'arrest de tes Iuges.

Fin du Troisiéme Acte.

ACTE IV.

SCENE PREMIERE.

APICATA, VOLVZIE, TERENCE.

VOLVZIE.

Qve tētez-vous, Madame, & qu'en esperés vous?
Croyez vous obtenir la mort de vostre Espoux?
Et quoy, vous vous flatez de trouuer vn refuge?
Sejan est criminel, & Tybere est son juge;
L'arbitre & le coupable, ont icy tout pouuoir,
Ils ont autant de droict, qu'ils en veulent auoir;
Le diuorce est permis dans les maisons de Rome.

APICATA.

O Dieux! jusqu'où s'estend l'insolence d'vn homme!
O Loix, qui permettez le diuorce aux Romains,
Faites part de ce trouble au reste des humains?

Et puis qu'on peut troubler des amours legitimes,
Accordez vn passage à tous les autres crimes?
Quoy? ie luy suis fidelle, & luy me veut trahir!
S'il cesse de m'aimer, dois-je pas le haïr?
Il brise le premier le nœud qui nous engage;
C'est vn lâche, vn ingrat, vn perfide, vn volage;
Puis que ce cœur leger me peut manquer de foy,
Faut-il qu'vn inconstant en attende de moy?

VOLVZIE.

Adjoûtez à ces mots, qu'il est espoux & pere,
Que vous estes ensemble, & sa femme, & ma mere,
Que c'est le mesme, enfin, que vous auez chery,
Et que vous poursuiuez la teste d'vn mary.
Voyez si ce combat vous acquiert de la gloire.

TERENCE.

Oüy, Madame, iugez quelle est vostre victoire.
Qu'estes-vous deuenuë?

APICATA.

Et qu'est-il deuenu?
Apres ces lâchetez, Sejan m'est inconnu;
Qui diffame sa vie, est indigne de viure.

TERENCE.

Sejan est vostre Espoux, le deuez-vous poursuiure?

Estes-vous sa partie?

APICATA.

Estes-vous son appuy?
Quoy, Terence, & ma Fille, osent parler pour luy.
Soyez ses delateurs, & non pas ses refuges.

VOLVZIE.

Madame, differez, les Dieux seront vos Iuges.

APICATA.

Non, ie veux voir Tybere, il m'en fera raison;
Il est interessé dedans leur trahison.

TERENCE.

Pour la troisiesme fois, ie m'en vais l'entreprendre;
Je m'en vay le reuoir.

APICATA.

Et qu'en faut-il attendre?

TERENCE.

Madame, esperons mieux, allons. Mais le voicy.

SCENE II.

SEIAN, APICATA, VOLVZIE, TERENCE.

SEIAN.

AH, ma fille ! ah, Terence ! & toy, ma femme aussi !
Macron suspẽs ton ordre, & souffre que i'embrasse
Tous ceux que mon malheur engage en ma disgrace.

MACRON.

Ces derniers entretiens sont de tout temps permis,
L'on les peut esperer des plus grands ennemis.
C'est auec déplaisir.

SEIAN.

Ne le fais point paraistre,
Et suis joyeusement les ordres de ton Maistre.
Deplore, infortunée, vn infidelle Espoux,
Qu'vne diuine main ramene à tes genoux,
Et qui dedans le temps qu'il t'auoit découuerte,
Par vn sort plus fâcheux, va res-ouurir la perte !
Reçois de mon peché, ce repentir contraint,
Au moins, s'il est tardif, mon remords n'est pas feint.

Tu me fuis! mon abord t'eſt-il donc ſi funeſte?

APICATA.

O de tous mes ſoupçons, preuue trop manifeſte!
C'eſt vn trait de Liuie.

SEIAN.

Oüy, tu l'as preſſenty,
Et ton fidelle inſtinct m'en auoit aduerty:
Elle-meſme me perd, & l'ingratte m'accuſe,
D'auoir empoiſonné Germanicus & Druſe;
Par l'ordre de Tybere l'on me menne au Senat,
Pour me iuſtifier de cet aſſaßinat.
Voy l'eſtat déplorable où m'a mis l'impoſture.

VOLVZIE.

O ſenſible ſpectacle!

TERENCE.

O funeſte auanture!

VOLVZIE.

Où le retreuuez-vous?

APICATA.

Aux lieux où ie le pers;
Aydons luy, Voluzie, à ſupporter ſes fers,

Dans

Dans ce delaiſſement où la Cour l'abandonne,
Où ce diſgracié, n'eſt conneu de perſonne.

TERENCE.

Eſt-il quelque ſpectacle eſgal à cet objet?
O ſort! pour t'exercer, as-tu prins ce ſujet?
Sejan diſgracié, Cette grande inconſtance,
Eſt ſans doute vn effort de ta toute puiſſance;
Et ſa cheute m'a mis dans vn eſtonnement,
Que n'auroit point causé tout autre changement,
Vn Roy depoſſedé que ſon peuple abandonne,
En ſa comparaiſon n'aura rien qui m'eſtonne,
Tous les iours la fortune à de pareils reuers
Et mille ſouuerains ſont morts dedans les fers,
Mais que cette barbare eſtande ſes outrages
Et porte ſa fureur ſur ſes propres ouurages,
Quand elle aneantit ſes plus grands fauoris
Qu'elle eſt laſſe d'aimer ceux qu'elle a tant cheris,
Qu'elle expoſe à nos yeux ces triſtes decadances
Nous deuons déplorer de telles inſolences,
N'eſt-ce point vne veuë à fondre tout en pleurs
Et qu'on puiſſe nommer le comble des mal-heurs.

SEIAN.

Ouy, Rome m'honnoroit auec idolatrie
Et ie ſuis le meſpris de celuy qui me prie,
Ce Seian en faueur, ce Dieu des courtiſans
Eſt laſchement trahy de tous ſes partiſans,

Tous ses adorateurs luy manquent de parole
Ils se vont prosterner aux pieds d'vn autre idole,
Allez la parfumer & de vœux & d'encens
Lasches allez briguer le credit des puissans,
Et par vne habitude à perdre tous vos maistres
Allez dire au Senat que vous estes des traistres,
Que vous m'auez seruy corrompus par mes dons
Et que vos repentirs meritent vos pardons.

APICATA.

Ie l'auois bien preueu?

SEIAN.

Ie voy mon precipice:
Puisque i'y suis reduit il faut que i'y perisse,
Que toute ma maison s'esbranle auecque moy
Et qu'vn poids si pesant te traine quand & soy,
Si ie suis condamné plusieurs me doiuent suiure
Le coup dont ie mourray les empesche de viure,
Ie voy mes oppresseurs pompeux & triomphans
Accabler mes amis, ma femme & mes enfans,
Comme s'ils poursuiuoient vne longue victoire
D'escrier de Sejan iusques à sa memoire,
De tant d'indignitez Rome les va loüer
Et la pluspart des miens me va desaduoüer,
D'vne telle desroute horrible & generalle
Ils en vont esleuer tous ceux de leur caballe,

Desia sur ma ruine ils se dreßent vn plan
Et deuorent entre eux les grands biens de Sejan,
Le peuple s'y figure vn monceau de richesses
Que n'a point dissipé grand nombre de largesses,
Vn tresor composé de sang & de sueurs
Vn amas exceßif formé de leurs labeurs,
Mes papiers tous remplis de receptes & d'offres
Et tout l'or de l'Empire enfermé dans mes coffres,
Tibere pourra voir tout ce que i'ay laissé
Et le nombre des biens que i'auray ramassé,
Ie laisse trois enfans à cette prouidence
Qui contre les puissans protege l'innocence,
Ouy, vous estes grands Dieux des tuteurs eternels
Ie commets mes enfans à vos soins paternels;
Ie te remets ma fille, ô conduite eternelle,
Contre nos ennemis declare-toy pour elle,
Tu la verras bien-tost le mespris d'vn Preteur
Le diuertissement d'vn fils d'vn Senateur,
Ta sagesse infinie esgale mieux les choses
Et n'ordonne de rien que par de iustes causes,
S'il est expedient qu'elle doiue mourir
En fille de Sejan tu la feras perir,
Loin qu'elle soit du peuple extermine ma race
L'aneantissement sied mieux que la disgrace,
Ie t'inspire ma fille vn raisonnable orgueil
Et s'il faut s'abaisser que ce soit au cercueil,
Mon sang ne peut souffrir des bassesses insignes,
Apres des Empereurs tous partis sont indignes,

Espouse le trespas & meurs auec honneur,
Ie te vay preceder?

VOLVZIE.

Ie vous suiuray Seigneur,

SEIAN.

Sans sa possession tu peux viure Terence.
Tu ne dois point briguer nostre triste alliance,
La maison de Sejan est preste à succomber,
Et c'est vn fondement qui te feroit tomber,
Et toy ma chere femme ou s'estend ton courage,
Ose tu bien te perdre en ce commun naufrage,
Non, non, enfrains vn droit que ie n'ay point tenu
Nostre hymen de ma part fust mal entretenu,
I'ay violé nos loix tu les pourrois enfraindre
Par mon impunité tu dois cesser de craindre.

APICATA.

I'en voy le chastiment c'est moy qui l'ay causé
O Dieux! dans mes souhaits mon ame a trop osé,
Vn simple repentir eust contenté ma hayne
Et par ce grand surcroist vous adioustez la peine,
Vous m'auez exaucee au de-là de mes vœux
Ce n'est point sa disgrace, ou sa mort que ie veux,
Mais vous me l'accordez rigoureuse iustice,
Ordonnez donc pour moy la moitié du supplice.

SEIAN.

Non le Ciel est content de la perte de l'vn
Ie vays estre immolé pour le salut commun,
Ie m'offre en sacrifice à ce courroux celeste
Les Dieux de ma maison sauueront quelque reste,
Ma teste est le seul but ou tendra leur fureur
Allez vous prosterner aux pieds de l'Empereur,
D'vn debris general guarantissez vos testes
Mettez vous par sa grace à l'abry des tempestes,
A couuert de la main de vos persecuteurs
L'innocence opprimee à peu de protecteurs,
L'homme le plus content montre vn diuers visage
Selon qu'il considere ou le calme ou l'orage,
Et l'on voit ses esprits arrestez ou flottans
Par la diuersité des hommes ou des temps,
Voila l'vnique amy que le Ciel me conserue,
L'vn de ces genereux qui n'ont point de reserue,
Qui ne sçauent que c'est de seruir à demy,
Et sans point de motif obligent vn amy;
Presumons tout des Dieux, le Ciel n'est point barbare,
Il l'est s'il fait perir vne amitié si rare.

TERENCE.

Vous mesme esperez mieux, vous reuiendrez absous;

SEIAN.

Ie me vois condamné par la bouche de tous,

Sans que l'on m'examine, & sans qu'on en consulte,
Vn iugement si prompt, se doit faire en tumulte,
Pour se iustifier, le coup fust resolu;
Et dira le Senat, le Prince la voulu?
Adieu, ma chere fille, adieu ma chere fame.

VOLVZIE.

Ah! Seigneur,

SEIAN.

Cachez moy ces foiblesses de l'ame;
Retenez vos soupirs:

APICATA.

Cruel, qu'ordonnes-tu:

SEIAN.

C'est dans l'extremité que paroist la vertu,

MACRON.

Regulus vient à nous, le Prince le doit suiure.
Ah! Seigneur, despéchons,

SEIAN.

Ouy, Macron, c'est trop viure,

Cher Terence, ma femme, & toy m'a fille, adieu.

SCENE III.

APICATA, VOLVZIE, TERENCE, REGVLVS.

APICATA.

SViuons le cher Terence;

TERENCE.

Ouy, delaissons ce lieu.

REGVLVS.

Seigneur, arrestez-vous, c'est l'ordre de Tybere;
Ie ne fais qu'obeyr.

TERENCE.

T'on offence est legere,
Mene nous à Cæsar,

REGVLVS.

Luy mesme vient à nous.

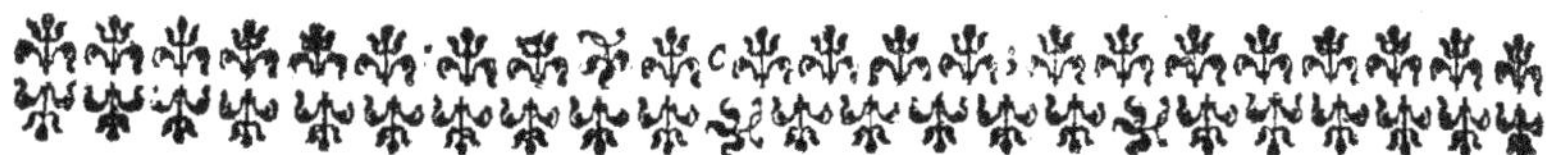

SCENE IV.

APICATA, VOLVZIE, TERENCE, REGVLVS, TIBERE.

APICATA.

SEigneur, vne affligee embrasse vos genoux.

VOLVZIE.

Ie me iette à vos pieds,

TIBERE.

Ie vous veux faire grace,
Quoy, qu'en crime d'Estat l'on condamne vne race.

APICATA.

Moins pour nous que pour luy i'implore vos bontez.

TIBERE.

Non il s'est obstiné contre mes volontez,

Ie

Ie le voulois sauuer il n'a rien voulu dire,
Qu'il responde?

APICATA.

Ah! Cesar,

TIBERE.

Resoluez-vous au pire;
Qu'on l'emmene chez elle:

APICATA.

Ah! par tout c'est la mort?

SCENE V.

TIBERE, TERENCE.

TIBERE.

TOy que ta destinee attachoit à son sort
Par des presomptions i'ay commandé taprise
Et me suis figuré que tu sçais l'entreprise,
En ce que cét amour dont tu m'auois parlé
M'a faict conjecturer qu'il ne t'a rien celé,
Et puis qu'il t'honnora de cette confidence
Il est bien apparant qu'il t'en dit l'importance;

Qu'il t'aura descouuert l'estat de ses desseins
Qu'il t'aura reuelé le nom des assaßins,
Comme dans mon Empire il dressoit ses parties
Comme mes legions durent estre aduerties,
Et qu'au moindre courrier qu'on auroit ses aduis
Son ordre & ses drapeaux deuoient estre suiuis,
Que pendant que dans Rome il maintenoit ses brigues
Chez tous mes Generaux il sußitoit des ligues,
Qu'il auoit respandu grand nombre de presens
Qu'il s'acquerroit par-là de puissans partisans,
Qu'il auoit corrompu, la Gaule & l'Allemagne
Que son secours marchoit la prochaine campagne,
Qu'il viendroit m'aßieger iusques dans mon Palais
Et qu'il me reduiroit à demander la paix.
Qu'vn nombre de soldats, iroient de place en place
A son election porter la populace,
Que moitié par suffrage & moitié par terreur
Rome l'honoreroit du tiltre d'Empereur,
Qu'elle tesmoigneroit de grandes complaisances
Qu'elle metroit ma mort dans ses magnificences,
Et que par vne pompe à deuorer son char
Ie seruirois de marche à ce nouueau Cesar,
C'est ainsi que ce traistre ordonnoit ses pensees
C'est dessus ce beau plan qu'elles furent dressees,
L'entreprise est visible en tous ses procedez,
Et dans ces attentats qui se sont succedez,
Ne te picque donc point d'vne constance extreme
Et loin de le sauuer guaranty-toy toy-mesme,

Aduoüe ingenument qu'il esbranla ta foy
Que de puissants motifs t'armerent contre moy,
Que cette paßion qui fait tout mesconnoistre
Que l'amour t'aueugla, iusqu'à trahir ton maistre,
Qu'en te monstrant sa fille auec tous ses secrets
Il te fist espouser ses moindres interests.

TERENCE.

Les grands sont dangereux dans toutes leurs creances
Ils tirent leurs soubçons des moindres vray-semblãces,
Et des impreßions que les Princes se font
Les maux naissẽt plus grãds ou moindres qu'ils ne sont,
C'est à luy d'auoüer ou de nier ce crime
Et pour mes interests ie deffends mon estime,
Les plus grands imposteurs ne la peuuent noircir
Ma vie à des clairtez qu'on ne peut obscurcir,
Ma reputation n'est point enseuelie
Et Terence est illustre aux yeux de l'Italie,
La guerre m'esleua parmy tous ses haZards
Et ma gloire s'est faite en seruant trois Cesars,
La voix de vos soldats parle à mon aduantage
Vous seul m'en refusez vn simple tesmoignage,
Mon plus grand interest fust celuy de l'honneur
Le sort m'a contenté i'ay vescu sans bon-heur,
Sans dignitez, sans biens, sans nulle recompense
Et n'ay point excedé l'estat de ma naissance,
Il est vray que Sejan m'a mis dans la faueur
Qu'il parla de mon Zele auec grande ferueur,

Qu'il auoit entrepris le ſoin de ma fortune
Et qu'il me reieſtoit dans vne heure oportune,
Eſt-ce vn crime d'Eſtat, que de l'auoir aymé
Et par quelle raiſon en ſerois-ie blaſmé
Mon amitié luy pluſt, i'ay recherché la ſienne
Voſtre inclination a precedé la mienne,
Nous honorions en luy l'amy de l'Empereur
Voſtre exemple Ceſar excuſoit noſtre erreur,
Vous eſtes criminel ſi nous ſommes coupables
Si vous vous abſoluez nous ſommes pardonnables,
Le reſpect de nos loix eſt-il ſi rigoureux
Seriez-vous l'innocent & moy le mal-heureux,
Et le Senat, Seigneur, nous rendroit-il iuſtice
S'il ſauuoit le coupable & perdoit le complice,
Il nous diſtribuoit toutes les dignitez
La Cour rouloit au gré de ſes proſperitez,
Vous l'auiez eſleué ſur toutes les puiſſances
Ie luy vy diſpenſer la guerre & les finances,
La police & les loix eſtoient dedans ſes mains
Il eſtoit apres vous l'Empereur des Romains,
Ses amis eſtoient crains & rendus neceſſaires
Il leur communiquoit vne part des affaires,
Les liberalitez qu'il receuoit de vous
Comme par vn canal s'eſpendoient iuſqu'à nous,
Nous honnorions en luy l'vne de vos Images
Et dans luy voſtre peuple adoroit vos ouurages,
Les Dieux vous ont remis la ſouueraineté
Vn pouuoir d'agrandir qui n'eſt point limité,

Eſt-ce à nous de iuger le ſecret de ſes choſes
Ny quels vous eſleuez, ny moins pour qu'elles cauſes,
Ce ſont des profondeurs que l'on ne peut trouuer
Et difficilement y peut-on arriuer,
L'on ne peut paruenir à cette cognoiſſance
La ſcience du peuple eſt dans l'obeyſſance,
Ne parlons point du iour de ſa calamité
Conſiderons le cours de ſa felicité,
Dans ce temps glorieux vn homme de merite
Euſt rendu des honneurs au moindre de ſa ſuitte,
Des eſclaues chez luy s'eſtoient tous enrichis
Et nous faiſions la Cour à tous ſes affranchis,
L'amitié de Sejan eſtoit aduantageuſe
Fauorable autrefois comme elle eſt mal-heureuſe,
Ie la veux maintenir iuſqu'au dernier arreſt
Et s'il eſt conuaincu quitter ſon intereſt,
Comme ie ne prend point le party d'vn coupable
Ie n'abandonne pas celuy d'vn miſerable,
Pour ſes amours Ceſar, il ne m'en cela rien
Ie l'en diſſuaday dedans vn entretien,
Pour ſes autres proiets s'il en eſtoit capable
Luy ſeul de ſon complot, eſt complice & coupable,
Nul ne ſçait ſes deſſeins, il ne m'en parla point
Et Sejan n'eſt amy que iuſques à ce point.

TIBERE.

Le Senat iugera deſſus les apparences
Si l'acuſation à quelques vray-ſemblances.

Et s'il peut là dessus appuyer son arrest,
Toy qui iusqu'au peril a pris son interest,
Ta franchise m'a pleu i'y voy ton innocence
Et cét adueu si noble à destruit ma creance,
La foy peut compatir auecque l'amitié.

TERENCE.

Seigneur son infortune, est digne de pitié,

TIBERE.

Ne crois point m'attandrir laisse agir la Iustice
I'ay remis au Senat sa grace ou son supplice,
Va resoudre sa femme, adieu.

TERENCE, seul.

Voyons sa fin?
Allons, allons, apprendre vn si triste destin,
Et ce que le Senat ordonnera d'vn homme
Qui pendant tant de temps à regné dedans Rome,
S'il doit seruir d'exemple aux grands de l'Vniuers
Mourons & succombons d'vn si fameux reuers.

Fin du quatriesme Acte.

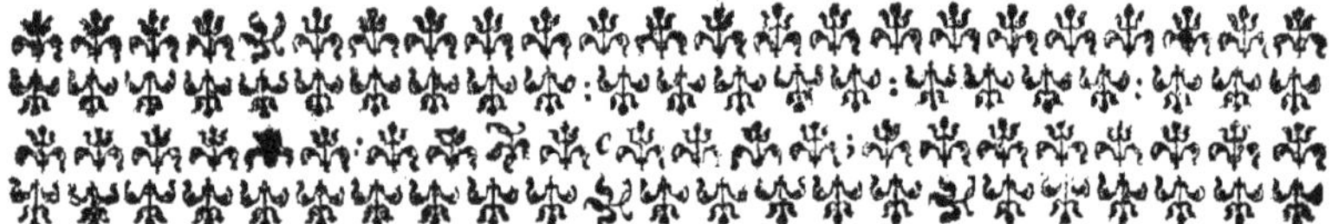

ACTE V.

SCENE I.

TIBERE, ſuiuy de REGVLVS.

TIBERE.

ROme s'eſt reuoltee eſt-elle aſſez hardie
Dieux, prenez-vous party dans cette perfidie,
Et ſouſtenant des miens les inſolens proiets
Contre leurs Empereurs armés vous des ſuiets,
En faueur de Sejan mon peuple ſe rebelle
Quel motif l'intereſſe à prendre ſa querelle,
Peuple qui dans ta haine és touſiours obſtiné
Quelque pouuoir que i'aye ay ie mal gouuerné
Allons nous preſenter à cette populace
Et d'vn front d'Empereur arreſtons ſon audace,
La preſence du Prince aura quelque pouuoir.

REGVLVS.

Ceſar, ne ſortez point vous pourriez l'eſmouuoir,

De quartier en quartier toute Rome eſt en armes
Ainſi de bouche en bouche on paſſe ces allarmes,
L'air eſt battu de cris, de coups & de clameurs,
Et l'on n'entend par tout que de ſourdes rumeurs,
Rome ne vit iamais des eſmeutes pareilles,
Ce bruit prodigieux a frappé mes oreilles,
Et du ſueil du Palais ie l'auois entendu
Quand voſtre Maieſté m'y viſt tout eſperdu.

TIBERE.

Honteux abaiſſement qu'il me faille l'attendre
Et qu'vn peuple me mette en eſtat de me rendre,
Dangereuſe imprudence, ou me vois-ie reduit
Que n'auois-ie ordonné qu'on m'en deffit ſans bruit,
Que n'ay-ie decidé d'vn procez d'importance
Et pourquoy le Senat en eut il cognoiſſance,
Grande raiſon d'Eſtat, ie vous pratiquay mal
Ce manque de prudence eſt vn defaut fatal,
Le ſoupçon doit ſuffire en vn pareil rencontre
Dans les poins delicats le iugement ſe montre,
L'on ſe doit eſclaircir par vn ſimple attentat
Mais perdre ſourdement vn criminel d'Eſtat,
Et pour peu de clairtez qu'y voye vn politique
Paroiſtre en apparence iniuſte & tyrannique,
Ne ſe point attacher à la formalité
Et ſe bien preualoir de ſon autorité,
I'en ay commis la faute & i'en porte la peine
Tel eſt l'euenement de la prudence humaine,

Nous

Nous treuuons le remede apres les accidens
Et iusqu'aux chastimens nous sommes imprudens,
C'est icy Regulus qu'il faut que ie te blasme
Tu deuois retenir, & Terence & sa fame,
Tu deuois conseruer ce dangereux dépost
Et ta main imprudent s'en desaisit trop tost,
Ah ! rebelle Terence, en vain ie le menace
Il rit de ma cholere ainsi que de ma grace,
Et ce seditieux n'est plus en mon pouuoir:
C'est luy qui s'est armé !

REGVLVS.

Qui l'auroit pû preuoir ?

TIBERE.

Druze tout effrayé retourne auec Liuie
Parmy tant de perils a-t'il gardé sa vie,
Il porte dans ses yeux l'image du danger.

SCENE II.

DRVZE, LIVIE, TIBERE, REGVLVS.

DRVZE.

SEigneur figurez-vous vn soldat estranger,

Vne armee ennemie vn conquerant dans Rome
Et iusque, ou peut monter la cruauté d'vn homme,
Ioignez-y la fureur de tous les élemens
Les tremblemens, les feux, & les desbordemens,
Il n'est rien de semblable à tant de barbaries
Il semble que l'Enfer ait vomy ses furies,
Vn deluge de sang coule de bout en bout
Et les corps entassez s'y rencontrent par tout,
L'on marche sur les morts?

TIBERE.

Desordre espeuuentable;

DRVZE.

La vengeance y fait voir ce qu'elle a d'effroyable,
Des maisons qu'elle force elle en fait des tombeaux,
Le corps d'vn ennemy s'y deschire à lambeaux,
Elle arrache son cœur auecque ses entrailles
Et d'vne main sanglante elle en bat les murailles,
Elle porte les feux, les cordeaux & le fer
L'on ne voit que brusler, massacrer, estouffer,
Il se forme vne voix dés qu'elle est entenduë
L'ordre qu'on a donné vole de ruë en rue,
Ses amis sont suiuis iusques dans leurs maisons
Et des siens l'on remplit le tybre & les prisons,
Meure, meure Sejan, crie vn peuple en colere
L'ennemy de l'Empire est celuy de Tibere,

Et d'vn redoublement, d'vn ton plus irrité
Meure, meure, Sejan & ſa poſterité.

TIBERE.

Rome dans mes tranſports ie t'ay fait vne iniure
Et ie te rends ta gloire en cette conioncture,
O ! terreur bien panique, ô rapport trop leger !
I'ay creu que des ſuiets me venoient aſsieger

DRVZE.

Le party de Sejan, n'eſtoit pas bien ſolide
D'ailleurs la mort d'vn chef, rend vn party timide,

TIBERE.

Il fuſt conuaincu?

LIVIE.

Non, & s'il fuſt condamné
Par voſtre Colonel il nous fuſt emmeré,
Il paruſt au Senat auecque tant d'audace
Que dans ſon Impudence il demanda ma grace,
Il feignit deuant nous vn grand eſtonnement
Il imputa ſa priſe à quelque enchantement,
Et d'vn œil innocent enuiſageant ſes Iuges
Il rendit graces aux Dieux qu'il les eut pour refuges,

Cesar m'a pû iuger de plaine autorité
Et m'a remis dit-il à vostre integrité,
Il veut que l'on m'absolue à force de suffrages
Et que mon innocence ayt tous ses aduantages,
Loin que l'euenement en puisse estre douteux
Ie vay rendre à vos yeux mes ennemis honteux,
Ie suis prest de respondre à ce dont l'on m'accuse
Et quand aux incidens que m'a suscité Druze,
Il est sçeu que Pizon ne m'en accusa point
Ainsi manque de preuue il éluda ce point,
Vostre aduis luy fust leu sans nom & sans complices
Il confondit bien-tost de si foibles indices,
Et comme Druze en moy fondoit tout son credit
Il me desaduoua tout ce qu'il m'auoit dit,
Pour mieux en affoiblir toutes les circonstances
Il se iustifia par d'autres apparences,
Voyez peres conscrits, dit-il, aux Senateurs
L'iniuste procedé de mes accusateurs,
Si leur delation peut estre vray semblable
Et si mon imprudence est iusque-là croyable,
Moy ie reuelerois vn crime que i'ay fait
Cependant de la cause on iugea de l'effet,
L'amour preuua beaucoup ses Iuges opinerent
Sur cette coniecture & tous le condamnerent,
Les vns deliberoient qu'il mourust en prison
D'autres par le cordeau, d'autres par le poison,
Luy, lisant sur leurs yeux qu'on faisoit sa sentence
D'vn pas tout furieux vers vn garde s'aduance,

Se iette a ſon coſté ſe ſaiſit d'vn poignard
Et dans ſon deſeſpoir il ſe ſert du hazard,
Ainſi par ſon treſpas il preuinſt la Iuſtice
Et luy-meſme à choiſi le genre du ſupplice,
A ſa cheute le peuple accourt dans le Senat
L'ayant examiné dans cét horrible eſtat,
Il reproche à ce corps toutes ſes tyrannies
Et ce peuple enragé l'entreine aux gemonies,
Nous en ſommes ſortis auec eſtonnement
Sans auoir eu le cœur d'en voir l'éuenement,
Et nous auons pù voir deſſus noſtre paſſage
Les horribles effets de ce premier carnage,

TIBERE.

Cette fin l'attendoit il meritoit ce ſort
Telle qu'eſt noſtre vie, & telle eſt noſtre mort,
Que tous ſes partiſans meurent ſous les ſupplices
Periſſent ſes amis aueccques ſes complices,
Que le Senat s'informe & ſe ſaiſiſſe d'eux,

LIVIE.

Cét eſclairciſſement ſeroit trop hazardeux,
Conſultez cét arreſt il n'eſt pas equitable
Il perd cent Innocens pour treuuer vn coupable.

TIBERE.

Cette reſerue eſt iuſte, il les doit diſcerner
Et c'eſt à ſa prudence à les examiner.

SCENE III.

TIBERE, DRVZE, LIVIE, REGVLVS. MACRON, TERENCE.

TIBERE.

Voy-cy mon Colonel il ameine Terence,
Qu'eſt donc cecy Macron, s'eſt-il mis en deffence,

MACRON.

En vain ſans mon ſecours il auroit combattu,

TERENCE.

Iniurieux amy pourquoy m'en tiras-tu,
Viens moy rendre à la mort redonne luy ſa proye
Rome qui de mes pleurs prends des ſuiets de ioye,
Mes douleurs à l'enuy combattent tes plaiſirs
Et moy ſeul ie m'oppoſe à tes cruels deſirs,

La maiſon de Sejan eſt de tous diffamee
Ie l'aymeray, ie l'ayme, & l'ay touſiours aimee,
Ceſar reprends ta grace & reuoque vn tel don
D'vn eſprit criminel ie te rends ton pardon,
Ie veux eſtre coupable & meriter ma peine
Ie veux par ce refus me ſoumettre à ta haine,
Et t'ayant irrité ie te veux preuenir
Ie te veux deſrober l'honneur de me punir,
Viens voir tes cruautez admire ta vengeance
Tu verras des obiets dignes de ta preſence,
La vengeance d'vn crime a fait mille forfaits
Et l'on ne peut nombrer les meurtres qu'elle a faits,
Viens voir ton fauory trainé de place en place
Viens le voir deſchiré par vne populace,
Viens-toy, viens-toy gliſſer parmy ſes inhumains
Et viens ioindre à leurs bras le ſecours de tes mains,
Non, ton eſprit ſanglant aſſiſte à ce carnage
De loin par tes ſouhaits tu prends part à leur rage,
Et par des mouuemens auſſi grands que nouueaux,
Ton cœur va ſeconder la main de ces bourreaux,
Il s'exerce auec eux ſur ce corps inſenſible
Et ton barbare eſprit ſe le deſpeint horrible,
Tu pouſſes iuſques-là des regards furieux
Et ton cœur qui s'altere y fait voler tes yeux,
Puis donc que ce ſpectacle eſt dedans ta penſee
Tu vois que ſa maiſon eſt toute renuerſee,
Qu'vn peuple furieux s'en va de part en part
Renuerſant & ſtatuë, effigie, eſtendart,

Et foulant ſous les pieds ces reſtes de ſa gloire
Qu'il veut auec ſa vie eſtouffer ſa memoire,
Luy, par qui l'on auroit à perdu ſon renom
C'eſt vn crime d'Eſtat de proferer ſon nom,
Dans cette cruauté le peuple eſt redoutable
Il chaſtie vn ſouſpir vn mot eſt puniſſable;
Il t'a ſacrifié cinquante mille morts,
Rome à peine contient ce grand nombre de corps,
Pour rendre à tous les tiens ſon paſſage plus libre,
Il les va deſcharger au riuage du Tybre,
Leur ſang en abondance en fait rougir ſes eaux
Et le fait inonder à force de ruiſſeaux,
Nos Temples ſont ſuiets à cette violence
L'on ne ſemble immoler qu'au Dieu de la vengeance,
Les autres Dieux ſont ſourds aux cris des innocens
Il ſemble que le Ciel ſe plaiſe à cét encens,

TIBERE.

Et bien, en eſt-ce trop pour expier ſes crimes

TERENCE.

Mais pour vn ſeul forfait faut-il tant de victimes,
La peine de bien loin ſurpaſſe l'attentat
Et tu perds auec luy la moitié de l'eſtat,
Barbare falloit-il ce nombre de ſupplices
Confondre ſes amis auecque ſes complices,

Forcer

Forcer mesme les yeux à le voir sans pitié
Nous faire prendre part en ton inimitié,
Et mettant dans nos cœurs vn sentiment farouche
Retenir nos souspirs au sortir de la bouche,
Ouy, cruel tes bourreaux, font voir cette rigueur
Ils vont mesme cherchant iusques au fond du cœur,
Et sans qu'ils soient trahis des yeux, ny du visage
Ses amis sont tuez sur le premier ombrage.

TIBERE.

Qu'on cesse ce carnage?

TERENCE.

Ah ! cruel, est-il temps:
Tes yeux de tant de sang sont ils enfin contens,
Rome, Rome n'est plus qu'vn vaste cimetiere
La main de tous les tiens y manque de matiere,
Et quand comme ton cœur leurs bras se sont lassez
Apres auoir trop fait, tu me dis c'est assez,
Il ne nous reste rien de toute sa famille
La mere en se tuant à precedé la fille,
Et par vn triste instinct preuoyant son mal-heur
Le coup qu'elle se fit, fist moins que sa douleur,
Elle est morte cruel, elle a saoulé ta haine
A tes executeurs elle en osta la peine,
Encor luy iettoient-ils des regards curieux
Et s'efforçoient de loin, de l'acheuer des yeux;

Ces deux fils d'vne mere effroyables reliques
A leur tour ont senty des morts außi tragiques,
Le Bourreau les tenant en heurtoit les cailloux
Et ces deux innocens sont morts dessous les coups,
Apprends, apprends encor le sort de Voluzie
Par la fureur du peuple elle se vit saisie,
Elle qu'on destinoit au fils d'vn Empereur
Fust, Ah! n'acheuons point, ie tremble encor d'horreur,
Ie meurs, & ie ne puis t'en dire d'auantage
Que l'on me rende au peuple, allons finir sa rage,
Macron, remeine-moy parmy ces inhumains
Ou souffre que ie meure auec mes propres mains,
Vis, vis, cruel Tybere.

TIBERE.

Othon, que l'on le suiue?
Et que l'on m'en responde;

TERENCE.

Ah! tu veux que ie viue?
Ie mourray malgré toy,

TIBERE.

Qu'on empesche sa mort,
Vn amy si parfait merite vn plus beau sort.

SCENE IV.

TIBERE, DRVZE, LIVIE, Gardes.

TIBERE.

AH! Sejan, que de sang, combien coustét tes crimes

LIVIE.

Vostre salut vouloit ce nombre de victimes,

DRVZE.

Seigneur Rome vous ayme?

TIBERE.

Il s'en faut deffier,

Va trauailler toy-mesme à la pacifier,

DRVZE.

Ses coniurations ne sont plus animees,

TIBERE.

Va voir mes legions, visite mes armees?

Assoupis ce desordre & remonstre aux soldats
Qu'ils ont suiuy ton pere en beaucoup de combats,
Qu'ils ont deu te garder vne amitié sincere,
Et telle pour le fils qu'ils auoient pour le pere,
Ie te promets Liuie, & iusqu'à ton retour
Ie prends confidamment, le soin de vostre amour.

Fin de Sejanus.

www.ingramcontent.com/pod-product-compliance
Ingram Content Group UK Ltd.
Pitfield, Milton Keynes, MK11 3LW, UK
UKHW021553260726
13993UKWH00002B/809

9 782329 476452